U0473470

北京市朝阳区芍药居文学馆路 45 号

中国现代文学馆

中国现代文学馆是中国作协主管的公益一类事业单位,是国内最早、世界上最大的文学类博物馆,是中国作协和文学界的宝库和窗口。

中国现代文学馆创建于 1985 年。 2024 年被评为国家一级博物馆。

中国现代文学馆 编

文化政治
与
民间性

——

文学馆·学术青年
2022

上海文艺出版社

目 录

001　前言

001　第十二届唐弢青年文学研究奖
　　　获奖论文

002　**罗雅琳**　　个人简介　｜　授奖词
　004　重新理解革命诗歌的"民间性"
　　　　——以《阮章竞文存　诗歌卷》为中心

038　**李浴洋**　　个人简介　｜　授奖词
　040　"传统"的发明
　　　　——"整理国故"运动与王国维"文学革命的先驱者"形象建构

072　丁文　　个人简介　|　授奖词

074　家族文脉：
鲁迅与浙东学术的过渡环节

106　石岸书　　个人简介　|　授奖词

108　文学习性、情感政治与两种"读者"的互动
——重审《班主任》《伤痕》的发表过程

156　邓小燕　　个人简介　|　授奖词

158　梁鸿论
——知识分子返乡书写症候分析

203　附录

第十二届唐弢青年文学研究奖
评委会名单

前　言

　　唐弢先生是我国著名的作家、文学理论家、鲁迅研究专家、文学史家和收藏家，中国现代文学学科建设的奠基人和开拓者之一。1913年3月3日，唐弢先生出生于浙江省镇海县（今宁波市江北区甬江街道畈里塘村），1992年1月4日在北京病逝。先生逝世后，他的家人将其全部藏书捐赠给中国现代文学馆，为文学馆馆藏建设作出卓越贡献。巴金先生曾说，有了唐弢先生的藏书，就有了中国现代文学馆的一半。为弘扬先生的学术精神，中国现代文学馆决定设立唐弢青年文学研究奖，以鼓励青年学者的现当代文学研究。

　　2003年3月28日，首届唐弢青年文学研究奖颁奖仪式在北京举行，当时引起了学术界的广泛关注，首届获奖的17位学者，如今已是中国现当代文学研究界的中流砥柱。由于种种原因，唐弢青年文学研究奖未能连续举办下去。为了响应学术界的呼声，展示中国现当代文学研究的最新成果，促进青年学者的成长，中国现代文学馆重新启动唐弢青年文学研究奖，修订评奖章程，自2012年起，每年评选一届，每届获奖者不超过5位。评奖对象为国内（含香港、澳门、台湾地区）及海外45周岁以下的青年学者在中国大陆正式出版发行的学术刊物上发表的中国现当代文学研究论文。多年以来，中国现当代文学学科的几代学人对唐弢青年文学研究奖倾注了许多心力与热情，使它逐渐成为一代又一代满怀理想、才华横溢的青年学人们，踏上更为宽阔的学术道路的重要路标。

第十二届（2022年度）唐弢青年文学研究奖初评工作于2023年1月启动。在规定期限内，共收到23位提名委员会成员推荐的论文68篇。根据《中国现代文学馆唐弢青年文学研究奖评奖章程》规定，评奖办公室进行了认真审核与筛选，确定20篇论文进入终评。2023年5月4日—10日，20篇提名论文同时在中国作家网网站和公众号、中国现代文学馆网站和公众号予以公示。2023年5月19日，第十二届唐弢青年文学研究奖终评委会议在中国现代文学馆召开，经过全体评奖委员多轮投票，提名论文中的五篇获得了三分之二以上选票，五位论文作者获得第十二届唐弢青年文学研究奖。

唐弢青年文学研究奖、客座研究员制度、《中国现代文学研究丛刊》，多年以来，我们的这些工作机制，已经成为培养现当代文学青年学人和评论家的重要平台。为了展示青年学人的风采，向学界推介现当代文学研究的前沿力量，我们决定推出"文学馆·学术青年"系列丛书，本书即为其一，以飨学界。

2023年是唐弢先生诞辰110周年，中国现代文学馆为奖项特制的奖杯揭幕。我们以中国现代文学馆馆藏的唐弢书椅为原型，进行3D复原后等比缩小制成了唐弢青年文学研究奖的奖杯。唐弢书椅既是唐先生书房中的一把读书椅，又可翻转变形为梯子登高取书，以唐弢书椅作为奖杯，期望广大青年学者能够以书为伴，以学问为志向，以老一辈学者为榜样，在学术研究上不断向上精进，向远方前行。

自第十一届开始，唐弢青年文学研究奖由中国现代文学馆与上海文艺出版社共同举办，并在上海举办颁奖仪式及唐弢青年文学研究奖学术论坛，在此，我们也对合办方表示诚挚的谢意。

中国现代文学馆

2024 年 9 月

唐弢青年文学研究奖奖杯实物图，
由中国现代文学馆馆藏唐弢先生书房阶梯椅设计而来

第十二届唐弢青年文学研究奖获奖论文

罗雅琳

个人简介

罗雅琳,1992年生,湖南湘乡人,北京大学文学博士,现为中国社会科学院文学研究所编辑。研究方向为中国现当代文学;出版专著《上升的大地:中国乡土的现代性想象》,编著《洪子诚研究资料》;在《文学评论》《文艺研究》《中国人民大学学报》《探索与争鸣》《中国现代文学研究丛刊》等学术期刊发表论文四十余篇,获《新华文摘》论点摘编和《人大复印资料》全文转载;曾获北京大学"学术十杰"等荣誉,曾入围第七届、第十一届唐弢青年文学研究奖,获得第十二届唐弢青年文学研究奖。

授奖词

罗雅琳的《重新理解革命诗歌的"民间性"——以〈阮章竞文存 诗歌卷〉为中心》一文在文本细读的过程中,展现了论者敏感的文心与锐利的洞察力。论文分析了阮章竞从"歌"到"诗"的创作变化,用富有理论涵盖力的语言重构了活力丰沛的民间性文本世界,揭示了"民间性"所携带的跨体裁、音乐性和口头性等艺术特征。视角新颖,具有鲜明的学术创见和独特的理论价值。

■ 重新理解革命诗歌的"民间性"
——以《阮章竞文存 诗歌卷》为中心

一 跨体裁性、音乐性和口头性

打开北京十月文艺出版社 2022 年新出版的《阮章竞文存 诗歌卷》,按写作时间阅读阮章竞从 20 世纪 30 年代起的作品,读者会发现,这些作品与惯常理解的"诗歌"体裁之间构成了一定张力。

第一个发现是,阮章竞的早期诗歌都更接近于用来演唱的"歌"而非书面的"诗"。其中最早的一首,创作于 20 世纪 30 年代的《秋风曲》,便是三幕剧《巩固抗日根据地》中的插曲。接下来的作品同样如此:在其 1940 年代的作品中,第一首《咱们的好政府》,"作者注"表示这是"歌曲"[①];第二首《牧羊

[①] 阮章竞:《咱们的好政府》,《阮章竞文存 诗歌卷(上)》,北京十月文艺出版社 2022 年版,第 7 页。

儿》是四幕剧《和尚岭》中的插曲；第三首《我们诞生在太行山上》是太行山剧团的团歌；第四首《民兵之歌》依然是"歌"；第五首《姜四娘》，作者1982年的"补跋"中表示，自己当年听到姜四娘的事迹后"曾写过一首短歌"，后来根据回忆整理成现在的《姜四娘》①。这些作品原本都是"歌"，如果曲谱得以保留，那它们可能会被视为"歌词"。事实上，阮章竞的作品中正有这样的例子。1949年8月，阮章竞为歌唱家郭兰英专门创作了《妇女自由歌》，郭兰英演唱此曲获得世界青年联欢节银奖②。《妇女自由歌》影响很广，曲谱也就被保留下来。因此，该作既被收入阮章竞本人编订的《阮章竞诗选》（人民文学出版社1985年版）和由阮章竞之女阮援朝全程参与编纂的《阮章竞文存　诗歌卷》，也被收入多种歌词集和歌曲集。虽然20世纪的白话新诗一直有着学习民间歌谣的传统，但白话新诗作为新文学的一种，与歌词之间的界限是较为分明的。主流的现当代文学史会谈及各

---

① 阮章竞：《姜四娘》，《阮章竞文存　诗歌卷（上）》，第17—18页。
② 阮章竞：《妇女自由歌》，同上书，第162页。

种"歌谣体新诗",但一般不会收录歌词。陈思和《中国当代文学史教程》设专节讨论崔健的摇滚作品《一无所有》,是被当作文学史写作的创举来看待的。而阮章竞本人(及家属)主动将《秋风曲》《牧羊儿》《姜四娘》等"歌曲"认定为"诗歌",则大大动摇了诗歌与歌曲之间的界限,或者说,提示诗歌与歌曲之间的界限并不如想象中那么分明。

第二个发现则涉及新文学内部四大文体(新诗、散文、小说、戏剧)的界限问题。《阮章竞文存 诗歌卷》中,20世纪40年代的作品《圈套》涉及新诗与小说、散文的界限。该作初次出版,是1947年与朱襄的报告文学《天水岭群众翻身记》一起结集为"晋冀鲁豫边区文艺创作小丛书"之一《天水岭群众翻身记》。此书中的《圈套》标注为"俚歌故事"[1],且不是每句一行,而是按段落排列。在40年代,朱自清在讨论胡适的《谈新诗》时表示,"分行"构成了新诗之为诗的本质特征和新诗较之旧诗的差异:

---

[1] 阮章竞:《圈套》,《天水岭群众翻身记》,华北新华书店1947年版,第24页。

"到了新诗,既不一定有韵,更不一定有律,所有的好像只是'行'罢了。"[1] 那么,《圈套》既然不分行,又为何被认定为"诗"而非小说(根据"俚歌故事"之"故事"属性)或散文?原因有二。第一,该作曾在1946年晋冀鲁豫边区政府教育厅举办的征文中获得"诗歌甲等"[2]。在新华书店1949年出版的"中国人民文艺丛书"中,阮章竞的《圈套》《送别》《盼喜报》三部作品和张志民的《王九诉苦》《死不着》共同结集为《圈套(诗选)》。因此,将《圈套》认定为诗歌,是符合历史的。值得注意的是,在《圈套(诗选)》中,《圈套》的印刷依然不是每句一行,而是保留了《天水岭群众翻身记》中按段落排列的形式,但《送别》《盼喜报》《王九诉苦》和《死不着》却是以每句一行的形式印刷的。第二,《圈套》虽然不分行,但采用"俚歌"形式,以三言和七言为主,句式大致整齐,而且普遍押韵。这又符合传统诗歌的

---

[1] 朱自清:《〈谈新诗〉指导大概》,《朱自清选集》第3卷,河北教育出版社1989年版,第114页。
[2] 阮章竞:《圈套》,《阮章竞文存 诗歌卷(上)》,第47页。

特征。一方面,《圈套》的节奏划分不依赖于分行而是依赖于韵律,正是"俚歌"的性质才使其像一首"诗";另一方面,《圈套》有韵、有律但不分行,与胡适对于新诗的界定正好相反。从历史的角度来看,《圈套》无疑是诗歌;但依据五四新文学的观念来看,《圈套》绝非律诗、绝句、词、古体诗等"旧诗",又和一般的新诗大为不同。

此外还有诗歌和戏剧的界限问题。《阮章竞文存 诗歌卷》中的部分作品起初并非独立性的诗歌创作,而是从剧本中摘录出来的。如前所述,《秋风曲》和《牧羊儿》均为剧本中的插曲。剧本后来散佚,两首歌曲却保存下来,便被归入诗歌。《阮章竞文存 诗歌卷》中收录的叙事诗《柳叶儿青青》和《阮章竞文存 戏剧卷》中收录的"短歌剧"《比赛》之间的关系更加暧昧。作者表示,二者分别创作于 1943 年 3 月和 4 月,内容"基本上是相同的"[①]。两部作品除了情节相近,形式上也较类似:《柳叶儿青青》虽为诗

---

① 阮章竞:《异乡岁月》,《阮章竞文存 回忆录卷》,北京十月文艺出版社 2022 年版,第 587—588 页。

歌,但分出了合唱队、妻子、丈夫等角色,以"剧"的形式结构全诗;《比赛》虽为歌剧,但剧中人物的台词分行排列、多有押韵、每行长短相近,看起来像是诗歌,甚至和《柳叶儿青青》的诗句多有重合。两部作品的最大差别在于台词之外的其他部分:《比赛》中有"导演说明"和"关于音乐的说明",还有人物表、布景介绍和表演提示,而且确实经谱曲之后以"歌剧"的形式上演过;《柳叶儿青青》虽有"合唱队",且作者认为妻子、丈夫等人的语言是"唱词"①,但没有演出过。

事实上,20世纪80年代初出版自选诗集时,阮章竞最初便希望将《比赛》收录其中,并在序言的初稿中表示"《比赛》是小歌剧的对白和剧诗"②,"剧诗"正是对于《比赛》之诗歌属性的承认。但1985年人民文学出版社正式出版的《阮章竞诗选》却删去

---

① 阮章竞:《异乡岁月》,《阮章竞文存 回忆录卷》,北京十月文艺出版社2022年版,第588页。
② 阮章竞:《〈漳河水〉第二次增订本自序》,《阮章竞文存 散文卷(上)》,北京十月文艺出版社2022年版,第372页。

了阮章竞原定目录中的《比赛》而加入了《柳叶儿青青》。值得注意的是,这里的《柳叶儿青青》其实是阮章竞根据 1944 年太行韬奋书店版《比赛》和一些其他资料而"复原"的①。也就是说,虽然阮章竞确实写过一部题为《柳叶儿青青》的长诗,但这首长诗已经散佚,1985 年版《阮章竞诗选》和 2022 年版《阮章竞文存 诗歌卷》中的《柳叶儿青青》是从后来被归为"戏剧"的《比赛》中整理出来的。《柳叶儿青青》与《比赛》之间剪不断理还乱的改编关系,证明了阮章竞诗歌与戏剧之间的亲缘性,而《柳叶儿青青》取代《比赛》被收入《阮章竞诗选》,则似乎体现出 80 年代诗歌观念的调整:当"朦胧诗"等以前没有出现过的诗歌类型进入诗歌序列之时,《比赛》这样的"剧诗"却从诗歌序列中被排除出来。

被归为 20 世纪 40 年代作品的长诗《柳叶儿青青》是 80 年代"复原"的结果,这一点又引出第三个发现,即《阮章竞文存 诗歌卷》的"文献学意识"。作品的版本和系年,是近年来"中国现当代文

---

① 阮章竞:《序》,《阮章竞诗选》,人民文学出版社 1985 年版,第 4 页。

学文献学"中的重要问题。《阮章竞文存　诗歌卷》中有一个很特别的现象,即其中有不少作品早已在战争中散佚,现在看到的是后来搜集整理的版本。从《比赛》中"复原"出来的《柳叶儿青青》是一个特例,而其他不少作品则通过民间"口传"得以保留。例如《秋风曲》《咱们的好政府》《民兵之歌》《姜四娘》都是1963年阮章竞重回太行山时,"从群众、干部的口头收集到的"。其中"有的可能是有一两个不同稿子,有的不大完整,收集到时经过整理,有的经过补充,有的个别文字、词句有修改或加工过,但内容、基调没有变"①。《牧羊儿》也是在民间口口相传,后来在县文化馆的民歌集中得以找回②。这些作品的流传渠道、接受情境和整理方式,显然有别于一般的案头创作的新诗而更接近于"民歌",同时也侧面反映出这些诗歌已经与民众日常生活融为一体,能唱,能流传,乃至于"日用而不知",使作家的创作竟然

---

① 阮章克:《〈漳河水〉第二次增订本自序》,《阮章竞文存　散文卷(上)》,第372页。
② 阮章竞:《牧羊儿》,《阮章竞文存　诗歌卷(上)》,第8页。

被当成了民歌。但由此延伸出来的问题是,这些作品的版本和系年必然是不准确的,必然不是三四十年代阮章竞的作品原貌,但现在这个版本到底形成于何时,也是无法确定的。因此,1985年出版《阮章竞诗选》时,这些作品只能笼统地标注"某年某月,写于某地",《阮章竞文存 诗歌卷》也沿用此法,这是无奈之举。很多诞生于新中国成立之前的作品,虽然也经历了反复的修改过程,但因为能找到当时的出版物,所以可以准确地还原各个版本的诞生时间。而阮章竞写于新中国成立之前的大部分诗歌,在当时并未出版,只是以"口传"的形式流传,在此过程中必然不断变化,因此难以掌握准确的版本信息。面对这一特殊情况,也许有人要苛责《阮章竞文存》在"文献学意识"上做得不够,但这一无奈之举恰恰反映出阮章竞式的革命诗歌与案头创作的五四白话新诗的巨大差异:前者不是为发表和出版创作的,而是为在现实工作中"应用"和"服务"创作的;其传播渠道不是通过印刷品,而是通过参与政治宣传活动。一旦明确了这一点,既有的"版本"和"系年"意识也应随之变化。

从以上发现中，可以得出一个初步的结论，即革命诗歌的跨体裁性。在当下的左翼文艺研究中，不同于此前以研究小说为主的局面，文学研究者逐渐开始关注秧歌剧、诗朗诵、大合唱等多种艺术类型，由此诞生了十分丰富的学术成果。不过，这种关注往往以"分体"的形式展开，要么专门研究秧歌剧，要么专门研究诗朗诵，要么专门研究大合唱。这样的做法为叙述提供了更多的便利，但也受制于后来才得以固定化的艺术门类，较少考虑到体裁的界限在当时的文艺工作者们那里可能并不那么分明。而在阮章竞新中国成立之前的创作中，至少可以找到四个比较特别的"诗歌"类型：（一）专门为演唱创作的歌词，如《我们诞生在太行山上》《妇女自由歌》；（二）因剧本其他部分散佚而独立出来的"插曲"，如《秋风曲》《牧羊儿》；（三）从"歌剧"中"复原"出来的长诗，如《柳叶儿青青》；（四）不分行印刷但押韵、有律的长诗，如《圈套》。这些作品穿梭于诗歌、歌曲、戏剧、散文等文体之间，大大搅动了"新诗"的边界。阮援朝指出，阮章竞的戏剧作品都带有鲜明的"群众工作"色彩,"可以视为他的职务创作"①。这一判断对于阮章竞的诗歌创作而言也是有效的。对于像阮章竞这样从事文化工作的革命者而言,其创作目的不在于写出一首杰出的诗歌、歌曲或一部秧歌剧,而在于尽可能地调动各种便利的、有群众基础的艺术手段传达政治思想。也正因此,20世纪左翼文艺的体裁种类极为丰富,更经常展现出在不同体裁之间穿梭的自由与创新的活力。这也提醒今日之研究者,在面对左翼文艺时,应对体裁持有一种谨慎的反思性态度。

当然,在各种艺术体裁中,与革命诗歌关系最为密切的还是音乐,对于阮章竞而言更是如此。在1979年写给研究者刘守华的一封长信中,阮章竞在谈到《漳河水》时特别表示,自己喜欢画画和音乐,"中国诗歌传统,是与音乐、美术分不开的。如果不了解这点,很难用中国语言作出中国的诗"②。近年来,在"声音研究"的框架下,革命诗歌的"朗诵"问题尤其得

---

① 阮援朝:《〈阮章竞文存〉编后记》,《阮章竞文存 书信·札记卷》,北京十月文艺出版社2022年版,第658页。
② 阮章竞:《致刘守华》,同上书,第55页。

到重视。阮章竞也有部分作品明显是便于朗诵的，如《送别——记豫北某村参军小景》《盼喜报——一个士兵妻子给丈夫的信》，其中直接出现了"说话"和"读信"的场景设定。这两首诗均发表于《文艺杂志》，是阮章竞20世纪40年代为数不多的在文艺刊物发表的作品。但除此之外，阮章竞40年代的大部分作品都是用来演唱而非朗诵的，正如他后来的回忆："当时能直接看书的读者面是很小的。朗诵，群众很不习惯。能唱的诗，倒是影响较快较广。……所以我当时写的东西，除了剧本之外，都是演唱脚本和歌词。"① 革命诗歌的"声音"属性并不止于"朗诵"一维，能歌能唱的音乐性同样重要，或者说，对于革命文艺的大众化而言更为重要。

革命诗歌的音乐性又牵扯出口头性②的问题。革

---

① 阮章竞：《〈漳河水〉第二次增订本自序》，《阮章竞文存 散文卷（上）》，第375页。
② 周敏曾关注新曲艺中的"口头性"问题，尤其关注新曲艺对于传统曲艺的借鉴、对"故事性"的肯定与发挥、对革命政治的民间化与情理化把握。参见《口头传统与"人民文艺"的普及面向——对"十七年"新曲艺创作情况的考察》，《杭州师范大学学报》（社会科学版）2019年第3期。"口头性"也存在于诗歌这一艺术门类中。

命诗歌的口头性不同于后来的"口语诗",它不仅为诗歌带来了活泼通俗的语汇、偏故事性的内容,还改变了诗歌的存在与传播方式,更影响到了作品的版本流传。当然,相较于书面文学,口头文学不那么讲究炼字炼句(但也常有惊艳之语),更追求叙事的完整性,因此有时会影响作品的艺术呈现。例如,阮章竞的《圈套》曾因"不得不用许多句子来作交代、照应、说明"而遭受批评,他对此表示:这是有意而为之,"因为当时面向的读者,是百分之九十以上的文盲,对艺术要求有头有尾的农民"[1]。阮章竞的诗歌代表作《漳河水》经过逐字逐句修改才在艺术上臻于纯熟,这种精心打磨是口头文学向书面文学转化的必要过程。

归根到底,无论是跨体裁性、音乐性还是口头性,都使得革命诗歌有别于书面文学(无论是古典文学还是五四新文学)而体现出强烈的民间文学属性。在谈及革命诗歌的民间性、"新诗向民歌学习"时,不仅应考虑内容、语言、形式,还应注意到这类诗歌

---

[1] 阮章竞:《致刘守华》,《阮章竞文存 书信·札记卷》,第52页。

在艺术体裁、存在形态和流传方式等方面与书面文学之间的差异。

二 《漳河水》是"歌"还是"诗"?

革命诗歌的跨体裁性,意味着一部作品到底是被认定为诗歌、歌曲、快板书还是秧歌剧,很大程度上是由那些"副文本"决定的:正如《比赛》因带有各种表演说明而被归为"短歌剧",而去掉这些"副文本"的《柳叶儿青青》则被归为诗。那么,对于阮章竞的诗歌代表作《漳河水》,读者也可以留意这些"副文本"。

《漳河水》初稿完成于 1949 年,此后经历了不断修改的过程。在《漳河水》的早期版本中,标题均带有对于体裁的说明。这些说明不断变化,到了 1953 年人民文学出版社版之后才被删去,标题只保留"漳河水"三字。正是在这一修改过程中,《漳河水》逐渐褪去作为"歌"的最初形态而变为"诗"。

《漳河水》的第一个版本完成于 1949 年 3 月,

1949年5月发表于《太行文艺》第1期。刊物目录中的标题是《漳河水（牧歌）》，正文中的标题则是《漳河水——漳河牧歌》。在该目录中，一些比较特殊的体裁都在括号中予以标注，如《老仁拴》是"故事"，《俩情愿》是"鼓词"等。因此，"牧歌"正是此版《漳河水》的体裁。与之对应，该诗前有简短引言，介绍这首"牧歌"是从男女牧童处听来的：

> 清早，偶尔散步漳河边上，看见两个男女牧童赶着羊群，娓娓悠扬地唱着一支牧歌，顿然若有所感。托人录下，以献给全国第一次妇女代表大会！①

接下来的正文中，作者还标注了各段所使用的曲调名，有"开花""四大恨""割青菜"等。也即，这首诗明显是为演唱而创作的。《阮章竞文存 诗歌卷》的编者对此有说明：该版中的各曲调"都是当地民间

---

① 阮章竞：《漳河水——漳河牧歌》，《太行文艺》第1期，1949年5月。本文中所引用的"《太行文艺》版"《漳河水》均为此出处。

口口相传的歌谣，也就是说《漳河水》在太行山区是可以唱的"①。

1950年《漳河水》的两个新版本②先后发表，分别为《人民文学》版和"人民文艺丛书"版。这两个版本与初版相比，标题、引言（这两版中改为"小序"）和正文均有较大变化。此外，这两个版本之间也存在一些值得重视的差异。

《漳河水》的第二个版本于1949年12月修改完成，发表于《人民文学》第2卷第2期（1950年6月）。刊物目录中标有各篇作品的体裁，如小说、报告、论文、民间故事、民间传说等，此作在目录中列为《漳河水（长诗）》。但在正文中，此作标题则为《漳河水——漳河小曲》。为什么作者要起这个题目？"漳河小曲"是什么意思？诗前的"小序"中有解释："因歌儿发生在漳河两岸，故名《漳河水》"，对于这

---

① 阮章竞：《漳河水》，《阮章竞文存 诗歌卷（上）》，第149页。
②《阮章竞文存 诗歌卷（上）》称所收录的《漳河水》是《人民文学》版，但其实是"人民文艺丛书"版，并对其中的某些字词做了规范化的修改（如"戴见"改为"待见"，"笃破了窗纸"改为"戳破了窗纸"）。

些"片片断断的歌儿",自己"不知道这篇东西叫什么好",后来听到两个牧童"嘴里也哼着这支歌儿",牧童称之为"小曲",于是自己也把这部作品叫作"漳河小曲"[①]。从标题到小序,作者完全没有提及"诗",只是称之为"歌儿",这依然证明了该作可供演唱的性质,"漳河小曲"则是其音乐体裁的名称。而有了"漳河小曲"这一体裁名称之后,"开花""四大恨"等单独的曲调名则显得不再必要,因此该版中将之删去。

《漳河水》的第三个版本是1950年9月新华书店"人民文艺丛书"版。此版封面书名为《漳河水》,但扉页在此行之下以括号标示"漳河小曲",版权页显示的标题为《漳河水(漳河小曲)》。正文除少数不影响文意的修改[②]之外与《人民文学》版基本一致,但此版"小序"进一步扩充,详细讲述了自己选择

[①] 阮章竞:《漳河水——漳河小曲》,《人民文学》第2卷第2期,1950年6月。本文中所引用的"《人民文学》版"《漳河水》均为此出处。

[②] 如"艳艳红天掉河里面"改为"艳艳红天掉在河里面","媒人的买卖打了碗"改为"媒人的饭碗打他娘","小心寻,谨慎找,/碰上个三好对了头"改为"沙里澄金水里淘,/荷荷看中王三好"。

"漳河小曲"作为体裁的原因：全诗是"由当地许多民间歌谣凑成的"，但需要找到一个"总的形式"为之命名；如果标注每段所使用的曲调，既会遇到曲调因人因村而异的困难，也无法说明曲调的"总的形式"；如果叫山歌、秧歌、快板、乐歌、乐曲、乐章、合唱、大合唱、牧歌、夜曲、夜歌等，要么不符合北方特色，要么无法表达"唱"的特征，要么太文雅或者太洋；直到某天"碰见两个牧童在河边饮羊，嘴里也哼着这些歌儿"，牧童称这是"小曲"，于是作者决定"把这许多曲调总名叫'漳河小曲'"①。

到此为止，《漳河水》的体裁从多个曲目连缀而成的"牧歌"变为"漳河小曲"这一曲调总名，除了《人民文学》的目录中将其标为"长诗"之外，一直是作为"歌"而非"诗"出现的，作者本人对此也表示充分认同。而到了下一个版本，即1953年人民文学出版社版《漳河水》中，尽管该书版权页标示"一九五〇年九月北京新华书店初版　一九五三年一月北

---

① 阮章竞：《小序》，《漳河水（漳河小曲）》，新华书店1950年版，第2—3页。本文中所引用的"'人民文艺丛书'版"《漳河水》均为此出处。

京重印第一版",也即称该书为"重印",但无论是封面、扉页还是版权页,均仅保留"漳河水"三字,"漳河小曲"四字全然不见踪影。此外,《人民文学》1953年第3期封二刊登的该书广告中,更是明确指出《漳河水》是"叙事诗"而非"歌儿":"这是作者以漳河两岸人民自己创作的新民歌为基础而写出的一部叙事诗……运用民歌而创作的诗的形式,对于新诗也是一个值得注意的贡献。"之后,尽管在"新民歌运动"的影响下,1956年臧克家编选的《中国新诗选(1919—1949)》称该作为《"漳河水"小曲》,1958年作家出版社编辑部编纂的《诗风录》中将该诗题为《漳河水小曲》,但大部分单行本和选本均已称之为《漳河水》,不再标注音乐体裁,同时明确承认其作为"诗"的性质。从此,《漳河水》被理所当然地视为一部长诗,而其乐曲性质逐渐被遗忘。

在发表于1950年的第二版和第三版中,"漳河小曲"既是副标题兼音乐体裁名,也是第一节"漳河水,九十九道湾/层层树,重重山"的小标题。而后来的大部分版本删去原标题中的"漳河小曲"四字,却保留了长篇小序(即"人民文艺丛书"版小序),

所造成的结果便是：读者见到的"漳河小曲"仅仅是第一节的小标题，由此会对为何阮章竞要在小序中解释"把这许多曲调总名叫'漳河小曲'"摸不着头脑。

20世纪80年代，阮章竞曾表示，删去曲牌使《漳河水》"成了纯文学的东西"①，这句话意味深长，在对比中揭示出初版《漳河水》所携带的民间文艺传统。从《漳河水——漳河牧歌》到《漳河水——漳河小曲》再到《漳河水》，从"牧歌"到"歌儿"再到"叙事诗"，从标明各章节所使用的民间曲调名，到将各独立曲调删去而总称为"漳河小曲"，再到彻底删去"漳河小曲"，这一变迁具有双重意味：一方面，《漳河水》的体裁从音乐变为诗歌，口头倾向削弱，书面化程度提升，反映出跨体裁、偏应用、具有民间文艺性质的革命文艺逐渐被纳入新中国成立后逐步规范化的文学体制；另一方面，《漳河水》初版中的"开花""四大恨""割青菜"是太行山区的民间曲调，

---

① 阮章竞：《漫忆咿呀学语时》，《阮章竞文存 散文卷（上）》，第314页。

在发表于本地刊物《太行文艺》时是有利于普及的，而当它发表在面向全国的刊物《人民文学》时，地方性曲调却构成了其他地区读者阅读时的阻碍。民间音乐性质在《漳河水》修改过程中的消失，也是在新中国成立后"地方形式"所需完成的调整过程。

三　从采风、编歌到"以新民歌为基础"

对于《漳河水》的"副文本"修改史，另外一个值得注意之处，在于引言和小序中所提供的诗歌起源问题。在1949年《太行文艺》版的引言中，作者表示自己是听到男女牧童唱歌后"托人录下"，这显然是伪托之辞，意在讲述一种"采风"式的起源，展现《漳河水》的民间性。《漳河水》写的是三个姑娘的故事，引言则称是听到男女牧童唱歌：一方面，采用男女对唱模式，正是解放区文艺的典型做法；另一方面，《漳河水》中不仅涉及三位姑娘的对话、独白与心理活动，还有一些超出这种内视角的叙述部分，只能交由外部视角来处理，"男女牧童"便是此时阮章竟所选择的叙事者。

接下来,在 1950 年 6 月《人民文学》版中,小序的开头,作者称自己在回漳河时听到妇女生产互助组唱歌,后来歌声萦绕脑中,于是"找人口述,录下这些片断的歌儿来。三个女主人公到底是那个村的,没打听出来。群众说好多村都有这样故事和大同小异的歌儿"。歌者/叙事者从男女牧童被改为妇女生产互助组,意义有二:第一,使全诗风格更为女性化。《太行文艺》版的开头是"苦难曲":

> 漳河水,九十九道湾,/往日的恓惶也诉不完。//百挂挂大车拉百挂大车纸,/大碾盘磨墨也写不起。//黄连苗苗苦胆水奶活,/甚时说起来甚时火。//枣核儿尖尖中间粗,/甚时提起来甚时哭!

《人民文学》版将直抒胸臆的诉苦改为以景传情的《漳河小曲》:

> 漳河水,九十九道湾,/层层树,重重山,/

层层绿树重重雾,/重重高山云断路。//清晨天,云霞红艳艳,/艳艳红天掉河里面,/漳水染成桃花片,/唱一道小曲过漳河沿。

《苦难曲》中的大车、大碾盘均为底层男性较多接触的事物,而《漳河小曲》中的"漳水染成桃花片"明显更富于女性色彩。《漳河小曲》中这种优美、清丽、细腻的笔调,更适合对解放后漳河地区所焕发的全新面貌加以描写。

第二,较之政治身份含糊不清的"牧童",参加"生产互助组"的妇女属于具有革命性的"新人",既能够呼应诗中关于生产互助的情节,更能够以进步的视角来对三位姑娘的命运展开评述。因此,这一版正文中的不少修改都可以做此理解。比如,《太行文艺》版中,在苓苓与持有大男子主义观念的丈夫"二老怪"展开斗争时,支持者们的表述是"今晚给他个辣的吃",而在《人民文学》版中则改为"回去开个训练班"。原版接近于泼辣婆娘式的民间趣味,而修改后的"训练班"之语则引解放区的政治新生事物入诗,因此后来得到茅盾"句妙"① 的评语。再比如,在《太行文艺》版中,出现了不少关于妇女服饰装扮的描写:当三位姑娘待嫁时,有"指甲草开花染指甲,/好事的根根早安下";荷荷哭诉婚后生活,苦处之一是无钱买花边和彩线:"货郎担子过门前,/银丝花边红白线,/想买俺没钱";苓苓对于丈夫的谴责,有一条是丈夫不给买新衣裳:"娶过婆家一年半,/没给俺缝过件新衣衫,/俺也不敢盼。//人家媳妇回娘家,/穿红着绿又戴花,/叫俺眼气煞。"苓苓认为,既然嫁了人,丈夫就应该承担自己的衣食,丈夫则认为苓苓挣不了钱就不要买衣服。于是两人争论起来:

"好三年,歹三年,/缝缝补补又三年",/说话真有脸?//"买起马来配起鞍,/娶起媳妇管起饭,/管起穿衣裳。"//"你能养种吃你饭,/你能挣钱缝衣裳,/与咱不相干。"

---

① 见《阮章竞文存 诗歌卷(上)》中的《漳河水》所收录的茅盾批注,《阮章竞文存 诗歌卷(上)》,第124页。

"娶起媳妇管起饭，/管起穿衣裳"，在中国传统中，女子成婚是为了"吃穿有靠"。荷荷和苓苓将无钱买新衣视为婚后生活的一大苦处，正是基于这一传统观念。而1950年的《人民文学》版将这些内容统统删除，则是为了凸显妇女思想的进步性：不贪图享受，不依赖丈夫，将婚姻建立在平等自由观念而非"吃穿有靠"的基础上。

但这样的修改也留下一些问题。《人民文学》版小序中表示该作是听到妇女生产互助组唱歌后"找人口述，录下这些片断的歌儿来"，但《漳河水》并非片断之作，而是有着精心设计的叙事结构。称此作为直录，让人生疑。古典文学研究者顾随当年读到《人民文学》上的《漳河水》后十分激动，对其加以大量批注，表示多处可与《长恨歌》媲美，但对于小序中的"片断"之语存有疑问，标注为"非片断"[1]。

《人民文学》版小序中"录下这些片断的歌儿来"的说法，显然不能令人信服地说明《漳河水》的起源

---

[1] 顾随：《评点阮章竞〈漳河水〉（未完稿）》，《顾随全集》第2卷，河北教育出版社2014年版，第162页。

问题。到了1950年9月"人民文艺丛书"版中,此版小序明确表示作者自己也参与了创作:"自听了歌声以后,萦绕脑中。找人口述,录下些片断的歌儿,自己又摹仿着编了些,组织成现在的样子。"将《漳河水》称为录下的民歌片断与文人的摹仿创作所组成的作品,这种关于起源的说法似乎是可信的,不过,如果联系从《太行文艺》版到《人民文学》版的修改史,又可以发现它显然是虚构。《漳河水》的曲调采自民歌,文辞内容有熔铸民间语汇之处,但确实出自阮章竞的独立创作,并不存在直接"录下""民歌片断"的情况。然而,这一虚构的起源却因为有其合理之处而被接受,《人民文学》1953年第3期刊登的《漳河水》广告干脆称《漳河水》"是作者以漳河两岸人民自己创作的新民歌为基础而写出的一部叙事诗"。此处声称"以漳河两岸人民自己创作的新民歌为基础",应该是以"录下些片断的歌儿,自己又摹仿着编了些"的说法为依据的。这样的说法在指出《漳河水》"以民歌为基础"的同时强调这是一首"叙事诗",并且删掉了"牧歌""小曲"和各曲牌名等能表征其音乐性质的标志,显然意味着这里的"以民歌为基础"偏重于歌词而非音乐的层面。当《漳河水》从"歌"变为"诗",它对于民歌的学习便只在语汇和句式的层面得到讨论。革命诗歌从民歌中原本所吸收的跨体裁性、音乐性和口头性等多种滋养,也随之渐渐从研究视野中消失。

余论

需要注意的是,不同于从自由体新诗转向民歌体诗歌的艾青、何其芳、臧克家等左翼诗人,阮章竞的诗歌道路几乎是直接从歌曲起步的。他曾表示,自己少年时期"曾各写一首古体诗和自由体诗",但后来只留下模糊印象,而他"真正开始学诗",是在"抗日根据地的创建时期",且此时写的主要是"演唱脚本、插曲和歌词"[①]。抗战时期阮章竞的歌曲创作与群众工作的实际需求有关,但另外一个潜在因素同样值

---

① 阮章竞:《〈漳河水〉第二次增订本自序》,《阮章竞文存 散文卷(上)》,第371页。

得重视,即20世纪30年代中期所受到的冼星海的影响。

阮章竞与冼星海是广东同乡,20世纪30年代中期,阮章竞曾在上海参加抗日救亡歌咏运动,跟随冼星海学习。他曾多次深情回忆:"冼星海是我的老师。"[①]"他对我的关怀和教诲,海枯石烂,我永远不会忘怀!"[②]《阮章竞文存》书前所印的"作者简介"也特别表示阮章竞是冼星海的"入室弟子"。如此郑重地认一位音乐家为师,在现当代诗人中是少见的。1937年12月25日,阮章竞参加了冼星海在武汉组织的"全国歌咏协会"成立大会,之后受到平型关大捷的鼓舞,想参加八路军,此时也是由冼星海出面委托朋友予以联系,才将其辗转带到太行山区的八路军部队中[③]。可以说,阮章竞革命工作的开端便与冼星海有着非常直接的关系。虽然阮章竞后来谦虚地表示,

---

① 阮章竞:《异乡岁月》,《阮章竞文存 回忆录卷》,第386页。
② 阮章竞:《忆星海先生》,《阮章竞文存 散文卷(下)》,北京十月文艺出版社2022年版,第584页。
③ 阮章竞:《异乡岁月》,《阮章竞文存 回忆录卷》,第384—386页。

自己"于音乐事业很少成就，每念及冼星海先生殷切的希望，不免汗颜"①，但事实上，他的诗歌创作有着强烈的音乐属性，对民歌形式展开大胆的利用与创新，这都和30年代冼星海等人发起的"新音乐运动"思路相近。冼星海1935年自巴黎归国后，与吕骥、李凌、赵沨等一批爱国音乐家一起组织了"新音乐运动"。"新音乐运动"批判商业流行乐和"为艺术而艺术"的唯美音乐，倡导一种面向大众、鼓舞抗战并具有民族特色的音乐。阮章竞的上海岁月正与冼星海这一阶段的探索相重合。在讨论阮章竞的诗歌创作时，应该首先追溯这条与"新音乐"而非"新诗"有关的线索。

因此，同样是学习民歌，五四以来新诗的主流（也包括大部分左翼诗人）主要重视的其实是歌词，而阮章竞因为受到冼星海的影响，对于民歌的音乐有更多关注。在1941年发表的《民歌与中国新兴音乐》一文中，冼星海曾表示，自己曾在1926年看过一些当时刊载的民谣研究，但那种研究只是"有歌词而无

---

① 阮章竞：《异乡岁月》，《阮章竞文存 回忆录卷》，第386页。

歌曲"，过去对于民歌的收集"有词无谱，失去了它的生命"，因此他提出要"从音乐观点上来看民歌"，在研究民歌和创作新民歌时"歌词与曲调要并重"。冼星海在分析民歌特点并设想如何创作"真善美的民歌"时特别提到三个方面：一是有些民歌受到地方性的限制，不能流传到他处，因此未来的民歌应该具有一种"全国性的为民众所接受的节奏"；二是中国民歌原本"最丰富而热情"，但"因为没有科学方法，所以成了单调的平面的"，因此新民歌应该"用对位方法，使民歌丰富化、现代化，除立体式的外，不但有独唱，而且有合唱、对唱与轮唱"；三是中国民歌大部分都具有封建意识和忧郁情调，而且其中的一部分"经妓院改造"后"有不少淫荡的东西"，冼星海认为要去除这些成分，创造一种"雄亮有生气的作风，代表着全民族的工农的朴实、耐劳、刻苦的强大集体力量"[①]。

阮章竞在20世纪四五十年代对于《漳河水》的

[①] 冼星海：《民歌与中国新兴音乐》，吕骥编：《新音乐运动论文集》，生活·读书·新知三联书店2012年版，第197—210页。

修改，与冼星海所总结的这三个方面有颇多回应之处。《漳河水》有词更有曲，后来阮章竞以作为"总名"的"漳河小曲"取代"开花""四大恨"等独立的地方曲调，正是试图突破民歌的地方性限制。同样是向民歌学习的结果，李季的《王贵与李香香》纯用"顺天游"，使用"一句比兴一句赋"的叙述方式，被钟敬文认为较为"破碎"，不适合用于大段的叙述和描写[①]。而《漳河曲》有独唱、对唱、合唱，发挥着内心独白、多人交谈、烘托氛围、叙述历史等不同作用，使内容和结构变得更加丰富、立体。此外，通过将开头从《苦难曲》改为《漳河小曲》，并修改诗中"娶起媳妇管起饭，管起穿衣裳"等落后思想，初版《漳河水》中的忧郁情调和封建意识也得以去除。

在阮章竞这里，诗歌的音乐性不仅是在"悦耳动听"的比喻意义上指涉着对于文字、节奏、韵律的诗艺锤炼，更直接指向它作为歌曲、可供演唱的这一

[①] 静闻（钟敬文）：《从民谣角度看〈王贵与李香香〉》，孙晓忠、高明编：《延安乡村建设资料》第 4 册，上海大学出版社 2012 年版，第 552—553 页。

"用途"。虽然《漳河水》的歌曲性质在20世纪50年代初的修改中逐渐被削弱,但阮章竞后来的许多创作其实依然带有可歌可唱的性质。从《阮章竞文存 诗歌卷》可知,在50—70年代,阮章竞的诗歌中有极高比例的作品以"歌""曲""颂"为标题,如《红色故乡土改歌》《欢乐舞曲》《婚礼新曲》《春歌集》《迎春橘颂》《钢之颂歌》《矿工之歌》等。这些诗作每句大致整齐,常出现重叠复沓句式,基本押韵,且诗中大量出现关于歌唱的场景。虽不知是否曾被谱曲,但它们显然与"歌曲"有着千丝万缕的联系。阮章竞50年代曾创作童话长诗《金色的海螺》和《牛仔王》,其中更是充满了音乐元素。《金色的海螺》开头表示这是跟"邻家婆婆"学唱的"儿歌"[1],《牛仔王》的开头也表示这是一首"渔歌":"哪支歌儿唱得多?/唱得最多是'牛仔王'。"[2] 更为特别的是,《牛仔王》中出现了大量不带歌词的简谱,用以展现"牛仔王"的芦管技艺。有的曲谱独占一行,有的曲谱甚至接在

---

[1] 阮章竞:《金色的海螺》,《阮章竞文存 诗歌卷(上)》,第230页。
[2] 阮章竞:《牛仔王》,同上书,第277页。

"一声""吹起"等词语后面并共同组成一行诗句。以曲谱入诗的做法，意味着这种诗歌所预设的接受情境显然不是书面阅读，而是口头性的演唱和表演。

白话新诗自诞生之日起便一直伴随着"向民歌学习"的诉求：从20世纪20年代的刘半农和朱湘到30年代的中国诗歌会，再到40年代的民族形式讨论和50年代的"新民歌运动"将这一诉求推向顶峰。阮章竞的诗歌创作历程提示我们，白话新诗尤其是革命诗歌对于民歌的学习不仅体现为文本之内的民歌程式、韵律节奏和方言土语，更体现为文本之外的传播和接受情境，并由此产生了跨体裁性、音乐性和口头性等特点。当我们在讨论革命诗歌的"民间性"时，必须将这些特点考虑在内。而《漳河水》从"歌"变为"诗"的修改过程，则折射出革命诗歌的"民间性"特质在文学体制的规范化过程中逐渐被收束的过程。只有恢复了"民间性"原本携带的跨体裁性、音乐性和口头性等内涵，这一概念的丰富和活力或许才能得到更为充分的理解。

（本文原刊于《文艺理论与批评》2022年第6期）

李浴洋

个人简介

李浴洋，山东滨州人。北京大学文学博士，现任北京师范大学文学院讲师、鲁迅研究中心执行主任。兼任中国现代文学研究会副秘书长、中国现代文学馆客座研究员、中华文学史料学会近现代分会理事等职务。主要研究方向为现代中国文学史与学术史，在《文学评论》《中国现代文学研究丛刊》《文艺理论与批评》与《文艺争鸣》等刊物发表论文 30 余篇，多次被《新华文摘》与《人大复印报刊资料》转载。另有学术访谈与书评若干。主持国家社科基金项目"中国现代学术与现代文学的互动关系研究（1917—1937）"。参与编译《哈佛新编中国现代文学史》，主编"思想与人物"丛书与"无限交谈"丛书。获颁"士恒青年学者""北京师范大学仲英青年学者"与"唐弢青年文学研究奖"。

授奖词

李浴洋的《"传统"的发明——"整理国故"运动与王国维"文学革命的先驱者"形象建构》对王国维"文学革命的先驱者"的形象确立过程进行了溯源式的考证,并经由典型个案的还原与剖析,揭橥中国现代学术与现代文学之间不应忽视的互动关系。文章资料翔实,论述精当,显示出新一代青年学者开放的学术视野、敏锐的问题意识与沉实的学术品格。

"传统"的发明——"整理国故"运动与王国维"文学革命的先驱者"形象建构

引言

估定历史人物在历史进程中的价值与作用,既以其功业、道德、文章为基础,也与一个阶段的时代风气、思想潮流、问题意识和接受水平密切相关。在从"晚清"到"五四"的文学发展过程中,戏剧性的一幕出现在了王国维的身上。世人或依据其自述,将其学术生涯分为"哲学"(1907年之前)、"文学"(1907—1912年)与"史学"(1912年以后)三个阶段[①];或以辛亥鼎革,王国维随罗振玉东渡为界,将之断为"新人物"与"一轨于正"前后两个时期,甚至指为

---

① 参见王国维《自序二》,《王国维全集》第十四卷,第121页,浙江教育出版社、广东教育出版社2010年版;罗振玉《海宁王忠悫公传》,《王国维全集》第二十卷,第228—229页。

"两个王国维"①。无论怎样区分,辛亥以前的王国维多在哲学与文学上用力,而此后的他专注国学研究,则是基本事实。

进入民国的王国维一向少就"文学"问题发言。对于1917年兴起的"文学革命",他也没有任何公开言说。但从私下场合的记录中,不难获悉在诸如"白话""横排"等"文学革命"的根本诉求上,王国维都持有鲜明的反对态度②。胡适在1922年完成的《五十年来中国之文学》是最早对于"文学革命"做出历史叙述的重要论著。在关于晚清时期的"古文学的变化史"部分中,胡适依次写到了"严复、林纾的翻译的文章""谭嗣同、梁启超一派的议论的文章""章炳麟的述学的文章"与"章士钊一派的政论的文章",

---

① 此说由张尔田发端,参见《张尔田覆黄节书》,《王国维全集》第二十卷,第263—264页。续有罗钢长文加以发挥,参见罗钢《两个王国维》,《传统的幻象:跨文化语境中的王国维诗学》,人民文学出版社2015年版,第1—65页。
② 参见王国维《致顾颉刚(一九二二年五月二十九日)》,《王国维全集》第十五卷,第844页;神田喜一郎等《追想王静安先生》,陈平原、王风编:《追忆王国维》(增订本),生活·读书·新知三联书店2009年版,第335页。

并未提及王国维①。但次年胡适为此文日译本作序时，却特意"指出一两处应补充之点"，其中之一便是表彰王国维的《宋元戏曲史》与《曲录》等著作②。又过了几年，已经远离文坛的王国维"摇身一变"，成为备受新文学家们推崇的"先驱"，他与"文学革命"的关联开始被由理论而历史地全面建立了起来。待到1927年去世以后，王国维在新文学史上的地位愈加显豁。

王国维在辛亥以前苦心孤诣探求"文学"义谛时，未有多少反响；而当"五四"之后新文学家们对于他的昔日言论大感兴趣时，他又已经返身离开，无心旧事重提，与之对话。那么，究竟是怎样的机缘促成了早年的王国维被高度关注？又是怎样的动因使得王国维之于"文学革命"的"先驱"形象被确立下来进而广泛接受？其间的逻辑是怎样的？对于文学史又蕴含了怎样的启示？这一切大概都需要从"文学革

---

① 参见胡适：《五十年来中国之文学》，《胡适全集》第2卷，安徽教育出版社2003年版，第260—261、273—310页。
② 胡适：《日本译〈五十年来中国之文学〉序》，《胡适全集》第2卷，第344页。

命"过后的"整理国故"运动说起。

一 "文学革命的先驱者"

在学术史上,参与"整理国故"运动者多为北大、清华等高校内外的学人;但从文学史上看,其实也不乏"新文学"作家以社团的力量介入其间。作为第一家"新文学"社团,1921年成立的文学研究会在其"简章"中就确立了"以研究介绍世界文学、整理中国旧文学、创造新文学为宗旨"[①]。成立伊始,文学研究会就接编了商务印书馆的《小说月报》,并且在《改革宣言》中表示"西洋文学变迁之过程有急须介绍与国人之必要,而中国文学变迁之过程则有急待整理之必要",为此而创设了"研究"栏目[②]。起初,《小说月报》由茅盾编辑,杂志并未特别向"整理中国旧文学"方面倾斜。次年,《小说月报》改为郑振

[①]《文学研究会简章》,《小说月报》第十二卷第一号,1921年1月。
[②]《改革宣言》,《小说月报》第十二卷第一号,1921年1月。

铎编辑，他"更重视发表有关整理中国古典文学遗产的理论探索和研究成果方面的文章"①。上任同年，他在文学研究会的另外一家副刊《文学旬刊》上发表了《整理中国文学的提议》，主张通过"打破一切传袭的文学观念的勇气"与"近代的文学研究的精神"来"整理中国文学"②。郑振铎的这一姿态"明显可见'整理国故'的影响"③。

1923年，郑振铎编辑的首期《小说月报》出版。该期不仅头题即其长文《读〈毛诗序〉》，还推出了"整理国故与新文学运动"专题。郑振铎说，专题中的文章"都是偏于主张国故的整理对于新文学运动很有利益一方面的论调"④。如此一边倒的声音足以说明

---

① 陈福康：《郑振铎传》（修订本），上海外语教育出版社2017年版，第94页。
② 西谛（郑振铎）：《整理中国文学的提议》，《文学旬刊》第五十一期，1922年10月。
③ 罗志田：《从正名到打鬼：新派学人对整理国故的态度转变》，《国家与学术：清季民初关于"国学"的思想论争》，生活·读书·新知三联书店2003年版，第315页。
④ 西谛（郑振铎）：《整理国故与新文学运动·发端》，《小说月报》第十四卷第一号，1923年1月。

文学研究会同人在这一问题上的基本立场①。

在"新文学"最为主要的阵地上为"整理国故"发声之后,郑振铎还有更为宏大的计划,即组织《小说月报》"中国文学研究"专号②。经过认真筹备,皇皇两巨册的《中国文学研究》终于在1927年以《小说月报》"号外"的形式出版。郑振铎在"卷头语"中写道:"这是一个初步的工作,这是艰难而且伟大的工作;我们的只是一个引子,底下的大文章,当然不是我们这几个人所能以一手一足之能力写成了的。"③郑振铎谦称这"只是一个引子",但收录在《中国文学研究》中的多篇论著其实可谓学术史上的"大文章"。吴文祺的《文学革命的先驱者——王静安先生》(以下简称《先驱者》)便是其一。

---

① 对于"整理国故"运动,文学研究会同人的意见并不完全一致。但就总体而言,文学研究会仍属支持"整理国故"最力,也是在中国文学研究领域贡献最多的"新文学"社团。
② 郑振铎:《通信》,《小说月报》第十四卷第二号,1923年2月。
③ 西谛(郑振铎):《卷头语》,《中国文学研究》(《小说月报》第十七卷号外)上册,商务印书馆1927年版,第1页。

吴文祺很早就是文学研究会成员①。从1921年开始，他就在《文学旬刊》上发表文章了②。1923年，吴文祺的名字出现在郑振铎编辑的《小说月报》上③。1925年，在郑振铎创办的《鉴赏周刊》创刊号上，吴文祺发表了《重新估定国故学之价值》，主张"国故学和文学的性质，绝对不同"，"但是中国文学的研究和整理，却完全建筑在国故学的基础上"④。《先驱者》一文，即他个人从事"国故学"研究的重要成果，正可以看作他以"科学精神"整理"新文学"历史的发现。

吴文祺是王国维的浙江海宁同乡，其在1920年代的文学与学术活动大都与文学研究会有关。毫无疑问，吴文祺是在"新文学"与"整理国故"的双重视

---

① 参见苏兴良《文学研究会会员考录》，贾植芳、苏兴良、刘裕莲、周春东、李玉珍编：《文学研究会资料》上卷，知识产权出版社2010年版，第24页。
② 参见吴文祺《对于旧体诗的我见》，《文学旬刊》第廿三号，1921年12月；《驳"旁观者言"》，《文学旬刊》第廿五号，1922年1月；《"又一旁观者言"的批评》，《文学旬刊》第二十八期，1922年2月。
③ 参见《通信》，《小说月报》第十四卷第三期，1923年3月。
④ 吴文祺：《重新估定国故学之价值》，《鉴赏周刊》第一期，1925年5月。

野中打量王国维这位因为地缘而拉近距离的前贤的。当然,其研究领域与王国维的交集[①],也使得他对于王国维格外关注。而由"文学革命"传播开来的新的"文学"观念以及在"整理国故"运动中大行其道的文学史研究的思路,更让他对于王国维在文学史上的地位有了独到而深入的认识。

需要说明的是,吴文祺的《先驱者》虽是1927年才在《中国文学研究》中发表,但写作却是在1924年。郑振铎组织《中国文学研究》专号的想法起于1923年,而在其接办的首期《小说月报》上,便已在"读书杂记"栏目中发表过他自己所写的关于王国维的《曲录》的两则札记,对于王国维称赞有加[②]。所

---

① 1923年,吴文祺发表了《"联绵字"在文学上的价值》(《责任》第十二期,1923年2月)。这是吴文祺写出的首篇重要的学术文章。而无独有偶,王国维在此前一年致信沈兼士,为北大研究所国学门开列了四项研究课题,其中之一即"古文学中联绵字之研究"。参见王国维《致沈兼士(一九二二年十月二十日)》,《王国维全集》第十五卷,第853—858页。王国维致沈兼士的信,以及与何之兼等同学的来往书信,以《研究所国学门关于学术之通信》之名在1923年公布(《国学季刊》第一卷第三号,1923年7月)。

② 西谛:《曲录(读书杂记)》,《小说月报》第十四卷第一号,1923年1月。

以可以想见,郑振铎对于吴文祺的《先驱者》一文必然持有欢迎态度。只不过受到《中国文学研究》整体出版进度的影响,此文三年以后才得以发表。而就在吴文问世的当月,王国维自沉,恰好错过。

有感于当时流行的几种重要的学术史著与文学史论——梁启超的《清代学术概论》与胡适的《五十年来中国之文学》——都未曾提及王国维,蔡元培的《五十年来世界之哲学》与樊志厚的《最近二十年间中国旧学之进步》尽管说到了王国维,可介绍的是他在哲学与史学上的成就,以及陈独秀虽然表示"王静安所长是文学",但缺乏论述[1],吴文祺认为"系统的介绍"王国维的文学思想很有必要,于是写就了《先驱者》一文。而此文正是最早对于王国维的文学史地位做出勾勒的文章。

吴文祺写作《先驱者》时,《人间词话》的标点本尚未问世[2],所以其立论主要依据的是《静庵文集》

---

[1] 陈独秀:《寸铁·国学》,《陈独秀著作选编》第三卷,上海人民出版社2009年版,第101页。此文原刊《前锋》第一期,1923年7月。

[2] 1926年,俞平伯标点的《人间词话》由北京朴社出版。

与《宋元戏曲史》。吴文祺开篇谈到漫长的中国文学传统不能"彻底明白文学的真谛",即"文学"的独立价值。可就在他撰文的二十年前,"酸化了的中国文坛里","居然有一个独具只眼大声疾呼地以小说戏曲为'文学中之顶点'的人"。在吴文祺看来,此人"见解之卓越,较之现代的新文学家,有过之,无不及"。这便是王国维[①]。可见,吴文祺是在中国文学史的背景中定位王国维的文学思想的,而他依据的标准则是"现代的新文学家"提供的观念,也就是"文学革命"对于"文学"的定义。

吴文主体部分有三,分别论述了王国维文学思想的三个主要方面。其一,是王国维在中西比较视野中对于"文学"本体的发现。王国维认为,文学在中国历史上主要是一种"载道"工具,而真正的"文学"应当"以描写人生为职志",是纯粹的而非功利的。其二,是王国维主张以"自然"为"文学的试金石",也循此看待文体更替的现象。王国维主张"文体之解

[①] 吴文祺:《文学革命的先驱者——王国维》,郑振铎编纂:《中国文学研究》(《小说月报》第十七卷号外)下册,第1页。

放"与"文体之自由变化"是"文学上的一大进步"。其三,是王国维更为看重文学的美学价值。而由于他以"自然"为最高的美学尺度,对于"白话胜于文言,俗语胜于古语"的规律当然也就加以肯定①。

以后见之明来看,吴文祺所总结的王国维的文学思想的主要内容与"文学革命"倡导的理念若合符契。但作为首位就此问题做出论述的学者,吴文祺想要厘清其中的关节却并不容易。所以在行文过程中,他很注意勾连王国维的具体论述与"文学革命"的关系。比如,在论及"我国之重文学不如泰西"时,吴文祺强调"王氏于二十年前已能撕去这传袭的自傲的膜",而二十年的距离,连接的正是王国维与"文学革命";再如,在说到王国维"自然"的文学取向时,吴文祺提示"近年来的新文学运动,只是一种解除文学上的一切镣铐枷锁的运动,只是一种出文学于做作的牢笼而复返于自然的运动",王国维显然已经就此发出先声;而"在王氏的文体愈自由愈进步的标语之

---

① 吴文祺:《文学革命的先驱者——王国维》,郑振铎编纂:《中国文学研究》(《小说月报》第十七卷号外)下册,第 3、7、10 页。

下，一切足以伤自然之美的典故、对偶、韵律……等人工雕琢法，应该绝对地排斥"①，这也就和胡适《文学改良刍议》中的"八事"关联在了一起②；还有，在述及王国维对于白话的看法时，吴文祺说"王氏是很知道白话的价值的"③。

在文章的最后，吴文祺又通过一连串的对举，展示了王国维的文学论述与胡适等"近来的新文学家"的主张是何等一致，从而概括道，既然王国维与"新文学家"的见解"不谋而合"，"我称他为文学革命的先驱者，似乎不是过分的夸大的尊号吧！"④ 王国维的"文学革命的先驱者"形象由是被建构起来。

吴文祺构筑的"文学革命的先驱者"形象及其论述思路，深刻影响了此后的学界。此文一经发表，迅

---

① 吴文祺：《文学革命的先驱者——王国维》，郑振铎编纂：《中国文学研究》（《小说月报》第十七卷号外）下册，第3、7、8页。
② 参见胡适：《文学改良刍议》，《胡适全集》第1卷，第4—15页，第6页。
③ 吴文祺：《文学革命的先驱者——王国维》，郑振铎编纂：《中国文学研究》（《小说月报》第十七卷号外）下册，第10页。
④ 吴文祺：《文学革命的先驱者——王国维》，郑振铎编纂：《中国文学研究》（《小说月报》第十七卷号外）下册，第12页。

速引起关注。此中既有《中国文学研究》作为"新文学"阵营重要的学术成果本身具有的加持效果[1],也与文章问世时恰好遭遇王国维去世带来的巨大新闻效应多少相关[2]。但更为主要的,恐怕还是由于该文的问题意识切中了文坛关切。

吴文祺写作《先驱者》时,"文学革命"已经初战告捷,同时高潮消歇。可在他看来,"其实误会的绷带,仍旧很牢固地很普遍地缚在大多数人们的眼上"。具体而言,一是"他们对于白话文,始终没有明确的认识",二是"一般站在新文学旗帜底下的人,在理论上虽然常常发出反对文以载道的主张的呼声,而在实际上有时却不免走到他们自己所反对的主张的牛角尖里去"[3]。吴文祺所描述的,是整个"新文学"

---

[1] 《中国文学研究》1927年6月出版以后,颇受文坛与学界欢迎,1928年4月便再版。

[2] 参见王润泽、徐诚《从"国故之争"到"王国维之死":近代报刊空间中的五四新文化思想转型》,《大连理工大学学报》(社会科学版)2021年第3期。

[3] 吴文祺:《文学革命的先驱者——王国维》,郑振铎编纂:《中国文学研究》(《小说月报》第十七卷号外)下册,第12—13页。

阵营的同感。对此，不同的作家选择不同的角度、资源与方式加以回应。吴文祺发现了王国维早年的文学思想的重要价值，特别是他对于"文以载道"观念的彻底反拨，并且有力地论述了其与"文学革命"先行后续的历史与理论关联，这是他提供的方案。此举一方面说明了"文学革命"其来有自，另一方面也借助王国维的国学重镇身份为"文学革命"的合理性与必然性做出论证。后者在具体语境中尤其具有现实针对性。而这正是"整理国故"运动创造的条件，即达成了"新国学"与"新文学"的辩证。

吴文祺意欲表明，"今日"从事国学研究的王国维与"昨日"探索文学革新的王国维可以相通，甚至其本来就是"新文学"中人："王氏有这样的高超的见解，若是继续不已地在文艺的园地里尽力，那末我国的文艺之花，或许要开得格外鲜艳些，也未可知。"[1] 不过，如果以为吴文祺只是借用王国维的学术声望为"新文学"背书，那么则有些"买椟还珠"

---

[1] 吴文祺：《文学革命的先驱者——王国维》，郑振铎编纂：《中国文学研究》（《小说月报》第十七卷号外）下册。第12页。

了。吴文更为重要的贡献是把一段此前未曾为人瞩目的"文学革命"的"前史"清理了出来,特别是为"新文学"观念、理论与批评的发生补充了一条至为关键的思想脉络。在吴文祺看来,王国维"关于文学上的论述","真可以说是前无古人"。而他早年的这些"和当时的思想界不曾发生过什么关系"的论著①,之所以值得认真开掘,是因为"前无古人"的思想,此时已然"后有来者"。

二 "不要忘记了王静安先生"

吴文问世的次年,浦江清发表《王静安先生之文学批评》,在此基础上继续展开讨论,认为王国维的历史眼光、"古雅"美学以及对于"屈子文学之精神"的阐发,也是其文学思想的重要贡献。"至于先生提高文学艺术价值之论,推崇悲剧之说,对于《红楼

---

① 吴文祺:《文学革命的先驱者——王国维》,郑振铎编纂:《中国文学研究》(《小说月报》第十七卷号外)下册,第13页。

梦》之批评等等，则某君于《小说月报·中国文学特号》述之已详，余故略而不论"①。其实，非独浦江清一文，此后学界对于王国维文学思想及其文学史地位的论述，也多从吴文祺的《先驱者》出发。

浦江清关于王国维文学思想的发凡，首推王国维的历史眼光。在他看来，"千百年来，能以历史的眼光论文学之得失者，二人而已"，"其一江都焦里堂氏，其又一则海宁王静安先生也"。浦江清认为，历史眼光是王国维全部文学论述的起点，由此他在"文体盛衰"的过程中更加看重一种文体"当其初起之时"的"自然的美、朴素的美、白描的美"，具体到宋元戏曲而言，则"明其极端其倾向白话也"②。而"一时代有一时代之文学"③正是胡适《文学改良刍议》的核心观点④，对

---

① 浦江清：《王静安先生之文学批评》，张耀宗选编：《浦江清文存》，江苏人民出版社2016年版，第133页。此文原刊《大公报·文学副刊》第二十三期，1928年6月。
② 同上，第127、128页。
③ 胡适：《文学改良刍议》，《胡适全集》第1卷，第6页。
④ 浦江清：《王静安先生之文学批评》，张耀宗选编：《浦江清文存》，第128页。此文原刊《大公报·文学副刊》第二十三期，1928年6月。

于白话文学的提倡更是"文学革命"的根本主张。浦江清承认,其后"创文学革命之论,变天下之文章而尽为白话者"是胡适而非王国维,但他同时枚举了胡适对于王国维文论在各个向度上的发展,令"胡氏生后于先生,而推先生之波澜者也"的关系一目了然,说明"凡先生有所言,胡氏莫不应之、实行之","一切之论,发之自先生,而衍之自胡氏","胡氏莫不尽受先生之影响"①。此种论证方式本自吴文祺的《先驱者》。但较之吴文,浦文显然更具深度,也更为辩证②。在建构王国维的"文学革命的先驱者"形象方面,浦江清又夯实了一分。

浦文发表的同年,《小说月报》发表了赵万里辑录的《〈人间词话〉未刊稿及其他》③。1934年,郑振

---

① 吴文祺的文章重在呈现王国维的文论与"文学革命"的诸多主张一致的一面,而浦江清的文章既深化了这一方面的讨论,同时也直面了王、胡毕竟不同的问题。
② 王国维著、赵万里辑:《〈人间词话〉未刊稿及其他》,《小说月报》第十九卷第三号,1928年3月。
③ 吴文祺:《再谈王静安先生的文学见解》,《文学集刊》创刊号,1934年1月。

铎与章靳以主编的《文学季刊》在北平创刊。创刊号上又刊登了两篇专论王国维文学思想的文章：一是李长之的《王国维文艺批评著作批判》，一是吴文祺的《再谈王静安先生的文学见解》。吴文是对于《先驱者》一文的"补遗"，主要根据其此前未曾得见的王国维早年发表在《教育世界》上的系列文章撰写。吴文祺的结论是："其能以西洋的文学原理来批评中国文学的，当以王静安为第一人。"他呼吁"如果有人编中国文学批评史的话，我希望他们不要忘记了王静安先生"[1]。吴文祺的判断，其实也是时人的感受。

与吴文同在《文学季刊》创刊号上发表的李长之的《王国维文艺批评著作批判》一文，较之浦江清又有推进。而靳德峻在朴社标点本基础上完成的《〈人间词话〉笺证》、赵万里辑录的《〈人间词话〉未刊稿及其他》与吴文祺的《先驱者》，都是他的主要参考文献。可见，李长之得以进行此项研究，与"新文学"阵营在"整理国故"运动中对于王国维文学思想

---

[1] 李长之：《王国维文艺批评著作批判》，《文学集刊》创刊号，1934年1月。

的一再开采直接相关。而李文不仅更加系统地勾勒了王国维文学批评的要点,还重申了其与"文学革命"的关系。他认为,王国维"承了传统的中国式的批评的方式,颇又接受了点西洋的思潮,有他独到的见地,而作了文学革命的先驱",其"确乎是后此的人的导师",而且"截至现在论,也还没有人及他"。值得一提的是,李长之写作《王国维文艺著作批判》时,正在清华大学哲学系读书,对于德国哲学用功尤勤。研究者认为,李长之"对德国近代哲学、思想有相当的研习功夫",使得他与王国维具有相近的气质,因此在现代文学批评史上可以视为"同类"[①]。而这样的经历对于理解王国维当然多有助益。

也是在 1934 年,李长之又在郑振铎的启发下,为《静庵文集》撰写了一篇书评,评述王国维早年在"文学"以外的哲学与教育论著。他指出,王国维"顶大的贡献"在于"用了西洋的哲学的思索"来研

---

① 参见李振声《王国维:一份隐性的遗产》,《重溯新文学精神之源:中国新文学建构中的晚清思想学术因素》,上海人民出版社 2020 年版,第 198—199 页。

究中国哲学的重大问题①。李长之从王国维的学术源头上揭出了其治学的一大底色,这与王国维去世以后诸家对于其学术新意的认识可以互相参照,也与胡适在《新思潮的意义》中对于"新思潮"的本质乃是一种"重新估定一切价值"的"评判的态度"互相关联②。在这一意义上,王国维就不仅仅是"文学革命"的"先驱者"了,称之为整个"新思潮"的"先驱者"大概已不为过。

讨论王国维与"文学革命"乃至"新思潮"的关系,"从王国维到胡适"是一条主要的论述线索。这一脉络由吴文祺在《先驱者》中奠立,浦江清等人续予发挥。同样是在1934年,正在北大研究所国学门读书的任访秋写作了《王国维〈人间词话〉与胡适〈词选〉》一文。任访秋提出,"王,为逊清之遗老,而胡,为新文化运动之前导,但就彼二人对文学之见

---

① 李长之:《王国维静庵文集》,《李长之文集》第七卷,河北教育出版社2006年版,第203页。此文原刊《大公报·文艺》第二十七期,1933年12月。

② 胡适:《新思潮的意义》,《胡适全集》第1卷,第692页。

地上言之，竟有出人意外之如许相同处，不能不说是一件极堪耐人寻味的事"。任文具体比较了两人在"词体之演变""时代之批评""批评之标准"以及"咏物词之见解"等方面见解的异同，认为他们的观点大同小异。而"他们相同的地方，即批评的方向还算一致，比较重内容而轻格律"。在任访秋的理解中，"这是新文学运动一个新的趋向"，"但静安在十年前即有此见解，竟能与十年后新文学之倡导者胡适见解相同，即此一端，已不能不令我们钦佩他的识见之卓越了"。他以吴文祺的说法为全文作结："吴文祺君称王为'文学革命的先驱者'，信哉斯言！"[①]

任访秋与胡适多有联络。《王国维〈人间词话〉与胡适〈词选〉》发表以后，他寄赠了一份给胡适。胡适很认真地给任访秋回了信。虽然他认为任文"太着重相同之点"，而且花了不小篇幅向任访秋解释他与王国维词学观点的不同，但依旧表示此文"使我很

[①] 任访秋：《王国维〈人间词话〉与胡适〈词选〉》，《任访秋文集·古典文学研究》中册，河南大学出版社2013年版，第943、954页。此文原刊《中法大学月刊》七卷三期，1935年6月。

感兴趣","我很觉得我们的见解确有一些相同之点"①。由于胡适对于吴文祺、浦江清与李长之等人的文章并无直接回应,他在给任访秋的回信中表达的意见也就格外值得关注。胡适认可将他与王国维进行比较研究的方式,更肯定了两人"确有一些相同之点"。这也就意味着作为当事人,他同意"从王国维到胡适"的论述脉络,以及王国维的"文学革命的先驱者"地位。

至此,由胡适、顾颉刚、傅斯年等新派学人在"整理国故"运动中对于王国维的推崇首开其端,使得其"现代的"与"科学的"文学研究论著备受关注②,进而在文学研究会同人的推动下,其文学思想也被置于"文学革命"带来的新的观念视野与问题意识中加以认识,并且其本人也被逐渐建构为"文学革命的先驱者"的过程,大致完成。此番发明的结果,很快便被以文学史书写的形式确认下来。吴文祺呼吁

---

① 参见胡适《致任访秋》,《胡适全集》第 24 卷,第 226—227 页。
② 参见李浴洋《"现代的"与"科学的"——"整理国故"运动与王国维文学论著的接受》,《文艺争鸣》2022 年第 2 期。

的"不要忘记了王静安先生",马上就在实践中得到了回应。

三 新文学史书写中的王国维

随着"整理国故"运动的不断推进,也因了1920年代中期以后政局与时局的激变,文坛与学界对于"整理国故"的评价更趋复杂。到了1920年代后期,胡适本人曾经一度表示"深深忏悔关于研究国故"[1],郑振铎等文学研究会同人也多有检讨[2]。"整理国故"造成的多个方面的复杂效应的确值得关注,但不应忽略的是,如是表态更多针对的是作为一种"思想事件"的"整理国故"。在学术研究的层面上,胡适、

---

[1]《研究所国学门第四次恳亲会纪事》,《北京大学研究所国学门月刊》第一卷第一号,1926年10月。需要说明的是,研究者多以胡适此语作为其"整理国故"观念转变的标志,但胡适发言的主旨实为对于"整理国故"的"辩诬"。

[2] 参见郑振铎《且慢谈所谓"国学"》,《小说月报》第十二卷第一号,1929年1月。

郑振铎,甚至鲁迅都从未中断研究国故,作为"学术志业"的"整理国故"在1930年代以后继续进行①。

由"整理国故"与"文学革命"的关系问题带来的启发,也在继续促使"新文学"阵营思考。1934年,吴文祺发表了《考证与文艺》一文,主张"考证学与文学的性质不同,但不一定相反"。他认为当时的许多论争都因为昧于二者关系而起。在他看来,非但"作者的生平时代及环境,以及作品本身的演变,各种版本的异同"离不开考证,对于文本内容的理解,同样也需要多得考证之助。而王国维的论著正是"以极严密的考证方法来研究文学作品的好例"②。吴文祺在此彰显的,是一种"国学"与"文学"彼此辩证、相互成就的思路。这正是"整理国故"运动的一大积极价值,即在一种"新学"的立场上实现了"国

---

① 譬如,1934年出版的《文学》第二卷第六号即郑振铎主编的"中国文学研究专号"。这一专号与《小说月报》的《中国文学研究》专号当然有所不同,但作为"民国时期文学史上的第二个这方面的专号",其间的承传之意十分明显。参见陈福康:《郑振铎论》(修订本),上海外语教育出版社2017年版,第212页。
② 吴文祺:《考证与文艺》,《文史》第1卷第3号,1934年8月。

学"与"文学"的对话与互动。而王国维的范式意义，便系于此。这自然使得"新文学"阵营对于王国维的接受几乎没有任何障碍，并且乐于通过文学史书写的方式将两者的关系确定下来①。

最早修正了胡适在《五十年来中国之文学》中遗漏王国维的疏失，而把其写进了"新文学"历史的是王丰园。1935年，王著《中国新文学运动述评》出版。该书第一章为"戊戌政变与文章的新趋势"，共计八节，分别是"维新运动与文体解放""维新前后的新诗运动""章炳麟先生的文学见解""文艺批评家王国维先生""章士钊派的政论文章""严复西洋近世思想的介绍""林纾西洋近世文学的介绍"与"小说的提倡与发展"。与《五十年来中国之文学》相比，王著在叙述"新文学"的"前史"时，最大的不同便是不但写入了胡适当年没有提及的王国维，而且还为

---

① 早在1930年，钱基博就在其所著《现代中国文学史》中论及了王国维。不过，他不仅没有将其置于"新文学"部分，而且也未对于王国维与"新文学"的关系做出任何论述。参见钱基博《现代中国文学史》，上海书店出版社2007年版，第212—225页。

其列了专节。该节主要参考了吴文祺与李长之等人对于王国维的文学思想的论述,明确提出"王氏可以说是最先彻底明白文字价值之一人","影响于文学革命最大"。王丰园认为:"有人把他和梁启超并称为新时代的先趋者,实不为过分。他虽则不曾正式高举文学革命的旗帜,积极提倡这个运动,可是他却种下了文学革命的种子。"行文及此,他特别感慨:"胡适、梁启超诸先生论近代文学,没有论及王先生,未免太'殊属非是'了。"王丰园援引了吴文祺的话:"如果有人编中国文学批评史的话,我希望他们不要忘记了王静安先生。"[1] 可见,将王国维的"文学革命的先驱者"地位写进《中国新文学运动述评》,对于王丰园来说是一种高度自觉的选择。这也是吴文祺的呼吁首次在文学史书写中被落实下来。

其实,就在王丰园写作《中国新文学运动述评》的同时,吴文祺本人也在撰写一部叙述"新文学"历史的著作。1936年,这本未能完稿的《新文学概要》

---

[1] 参见王丰园《中国新文学运动述评》,新新学社1935年版,第18、21页。

出版。在导言部分中,吴文祺指出"五四以来的新文学的产生,并不是突如其来的","新文学的胎,早孕育于戊戌变法以后,逐渐发展,逐渐生长,至五四时期而始呱呱坠地","胡适、陈独秀等不过是接产的医生罢了"。而在"新文学"的结胎过程中,尤其值得一提者有三:一是梁启超在文体解放上的贡献,二是林纾的翻译小说与李伯元等人的谴责小说,三是王国维的文学批评[①]。与胡适和王丰园对于这段历史的叙述相比,吴文祺将之大为精简。王国维在其中占据三分之一,其文学史地位得到了空前凸显。吴文祺此处对于王国维的论述,因为有《先驱者》与《再谈王静安先生的文学见解》两篇专文打底,所以游刃有余。

接连问世的两部"新文学"史著都突出了王国维的"文学革命的先驱者"身份,也都以《红楼梦评论》《人间词话》与《宋元戏曲史》为其最为重要的文学论著,这就基本奠定了王国维的文学史形象。也是自这一时期开始,从诗学角度讨论王国维的文学思

---

① 参见吴文祺《新文学概要》,亚细亚书局1936年版,第1、13页。

想的研究成果陆续出现①。其文学创作,也被认为参与了为"新文学"开辟道路②。

或许对于吴文祺来说,《新文学概要》未完是他的一大遗憾。1940年,他再起炉灶,终于完成了一部《近百年来的中国文艺思潮》③,全面诠释了"文学革命"的发生。在《新文学概要》中,他已经显露了受苏联弗里契理论影响的痕迹④。待到写作《近百年来

---

① 以《人间词话》研究为例,朱光潜等人从1930年代开始相继写出了就此进行诗学研究的文章。参见姚柯夫编《〈人间词话〉及评论汇编》,书目文献出版社1983年版;彭玉平《解说与辩难:三四十年代〈人间词话〉的范畴研究》,《王国维词学与学缘研究》上卷,中华书局2015年版,第473—489页。

② 缪钺认为,王国维的诗词"含有哲学意味,清邃渊永,在近五十年之作家中,能独树一帜",其"以欧西哲理融入诗词,得良好之成绩,不啻为新诗试验开一康庄"。缪钺:《王静安与叔本华》,《诗词散论》(增订本),北京大学出版社2018年版,第392、394页。此文原刊《思想与时代》第二十六期,1943年9月。

③ 参见吴文祺《近百年来的中国文艺思潮》,《学林》第一、二、三辑,1940年11月—1941年1月。根据吴文祺的提示,"近人李何林君所编之《近二十年中国文艺思潮论》,其第一编颇采余说"。同年在上海生活书店出版的李著日后传播广泛,不过吴直到1944年才在重庆开明书店出版。

④ 黄修己:《中国新文学史编纂史》(第二版),北京大学出版社2007年版,第43页。

的中国文艺思潮》时,他更是明确了马克思主义的立场。所以,此书不仅是对于其自家《新文学概要》后出转精式的最终写定,也是对于胡适《五十年来中国之文学》的一种"重写"。

《近百年来的中国文艺思潮》的正文部分计有五章,依次是"古文学的余波——桐城派与文选派""戊戌变法与文学改良运动""王国维的文学批评""民族革命者章炳麟的文学主张"以及"五四运动与文学革命"。与1920年代和1930年代的两篇王国维专论相比,吴文祺写作于1940年代的"王国维的文学批评"一章更为纯熟。该章以"王国维的文学批评,是戊戌的文学运动前进一步的路标"总领,认为"王氏对于词曲和小说,都有极深切的研究,极透辟的批评"。吴文祺此前两文都没有涉及王国维"论词"的部分,而这次写作,他首先介绍的便是王国维的《人间词话》,然后才是对于《宋元戏曲史》和《红楼梦评论》的讨论。在三者中,吴文祺论述《人间词话》的篇幅最多,这既是他对于旧文前说的某种补正,也代表了此时综合考察王国维的文学思想时得出的判断。一如当年撰文时一再为王国维"二十年前"

的识见击节，这回他也不忘点出文中征引的乃是王国维"三十年前"的观点，"我们不能不佩服他的卓见"。在对于王国维的词学、曲学与小说评论分别钩玄提要过后，吴文祺写道："中国的文学批评，盛于齐梁，以后便衰落下去"，"读中国文学批评史，真不胜萧条寂寞之感"，"至王国维出，开始以西洋的文学原理来研究中国文学，常有石破天惊的伟论，使中国的文学批评，摆脱了旧的牢笼，而走上了新的途径"。此章最后，他以"在黑暗的中国文艺批评界，王国维是一盏引路的明灯"论定①，呼应了自己数年以前所作的"不要忘记了王静安先生"的倡议。

吴文祺三论王国维，每次皆有新境。概而言之，他不仅为在文学史的视野中定位王国维逐渐寻找到了恰当的坐标，而且日益褪去了评论品格，著史的意识更加浓烈。经由一再调整与提升，王国维作为"文学革命的先驱者"的结论也从一种时代创见，开始转化成为历史共识。

---

① 吴文祺：《近百年来的中国文艺思潮·王国维的文学批评》，《学林》第二辑，1940年12月。

结论

"新文学"阵营建构了王国维的"文学革命的先驱者"形象,而这一形象也将王国维与"新文学"的关系从一种发明的"传统"确立为历史与理论双重层面上的实际联结。此后,学界对于这一问题的认识基本是以此为前提,继续向前推进的。以或总或分、或实或虚、或明或暗、或正或反的形式把王国维纳入了"新文学"的内部,成为"新文学"的内在经验的重要组成部分,进而参与了"新文学"和"新思潮"的建设。

"新文学"的发生史叙述由是改写。不过,这一事件却并非仅是一个形象学或者文学史课题,此中辐射所及,还有"晚清"与"五四""文学"与"国学"、历史与历史书写,以及"新文学"的内涵与外延等一系列问题。从不同的文化立场与知识资源出发，对于文学史上的王国维形象或有不同想象①，但王国维的治学心得——"吾侪当以事实决事实，而不当以后世之理论决事实"——无疑可以提示我们②，通过对于诸种形象的建构过程的考掘，能够尽可能逼近一种实事求是的认识。

（本文原刊于《文学评论》2022年第6期）

---

① 以"文学革命的先驱者"形象主导的，是一种将王国维作为"新文学"原点的叙述。学界另有一种以阐释其"境界"学说为核心，将之塑造成为传统诗学的集大成者的努力。
② 王国维：《再与林博士论洛诰书》，《王国维全集》第八卷，第18页。

丁文

个人简介

丁文,女,1978年生,江苏南京人,北京大学中文系中国现代文学专业博士,现为中国社会科学院大学文学院教授、中国鲁迅研究会理事。主要研究领域为中国现当代文学研究、中国近现代报刊研究。著有《"选报"时期(1904—1908)〈东方杂志〉研究》(商务印书馆 2010 年版)、《文学空间的重叠与蔓生:"百草园"研究》(中国社会科学出版社 2022 年版)。发表论文五十余篇。主持并完成国家社科基金青年项目"周作人日记研究(1898—1917)"、主持教育部人文社会科学基金一般项目"《朝花夕拾》研究"。

授奖词

丁文的《家族文脉：鲁迅与浙东学术的过渡环节》从考辨周氏家族文脉入手，清晰地勾勒出"地域-家族-个体"的影响模型，展现了文化积累、思想潮流、人际脉络对个体发生作用的微观过程。论文为探讨周氏兄弟的杂学面貌和学术资源提供了新的角度，有效地夯实了鲁迅研究的薄弱环节，作为一种新拓展的研究路径，具有显著而重要的学术启示意义。

■ 家族文脉：鲁迅与浙东学术的过渡环节

周氏兄弟文学面貌的一个重要特征，便是杂学，这在二人的文章与学术脉络中分别结出了各具异彩的果实。在《朝花夕拾》中，鲁迅将自身杂学资源的获取，描述为受到"一个远房的叔祖"[1]的影响，周兆蓝（字玉田，1844—1898）[2]被书写成开启鲁迅杂学源头的启蒙者。这为研究者在探讨周氏兄弟杂学资源的问题上，提供了家族影响的视角。

正如有论者指出，《朝花夕拾》在"文献材料的维度上"被研究者"过于倚重"，其"文章修辞与叙事技巧"[3]则多被忽视。进一步辨析，会发现作为"文献"的《朝花夕拾》所包含的鲁迅生平史料有一

---

[1] 鲁迅：《阿长与〈山海经〉》，《鲁迅全集》第2卷，人民文学出版社2005年版，第253页。
[2] 鲁迅：《阿长与〈山海经〉》，《鲁迅全集》第2卷，第256页，注释[5]。
[3] 邢程：《现实照进旧事：〈朝花夕拾〉中的"流言"与"自然"》，《中国现代文学研究丛刊》2019年第1期。

种"厚叙述"(thick desperation)① 的状态：即"文献"以一种高度概括、提炼、浓缩的形态被叙述，"史料"本身便呈现出一种值得辨析的"叙述"形态。倘若研究者对《朝花夕拾》中的"文献"未做抽丝剥茧般的解剖，则获取的史料有可能流于表层。如关于玉田叔祖的描述，如果仅将其解读为鲁迅在少年时代由于机缘巧合，受到某位家族成员的影响、对杂学发生兴味，这一史料信息可能是有限的。

以这一视角引入周作人的"朝花夕拾叙述"，会发现它为打开《朝花夕拾》文本的深层空间提供了钥匙，还原出了作为"文献"的《朝花夕拾》背后的文献。周作人指出了浙东学派的影响与流变如何波及了周氏家族，家族成员的杂学趣味又如何映现了浙东学术的某些特征。浙东学术的影响力经由家族文脉这一转换中枢，塑造了周氏兄弟的杂学面貌。《朝花夕拾》中鲁迅从玉田叔祖处获取的杂学启悟，经由周作人的

---

① [美]克利福德·格尔茨：《地方知识》，杨德睿译，商务印书馆2016年版，第vii页。"thick desperation"多被译作"深描"，笔者采取的是张广达译法"厚叙述"。

补叙,被拓展成为"鲁迅与浙东学派"的学术史命题。本文试图辨析"浙东学术—家族人物—周氏兄弟的杂学资源"三者之间的联动关系,探讨家族影响在"地方与文艺"[①]中所发挥的隐性而关键的作用。

一 家族文脉的重溯

1942年,周作人在"桑下丛谈"系列短文的末篇,提到自己高价收购《左腴》三卷,此书为"讲《左传》之书",作者为潘希浍。《左腴》并不出名,周作人却对它十分看重,原因是家族成员周以均(1804—1871)、周锡祺(1826—1854)、周以墉(1810—1862)均参与了此书出版。周作人特别提及书中两处校刊者的信息:"下卷末页有字一行曰,年再侄周以均命男锡祺校刊","中卷末又署孙婿周以墉

[①] 周作人:《地方与文艺》,钟叔河编订:《周作人散文全集》第3卷,广西师范大学出版社2009年版,第101页。

鸿卿校刊"[1];而在《左腴》卷上末尾也有"年再侄周以均一斋校刊"的字样[2]。

玉田叔祖已为《阿长与〈山海经〉》的读者所熟知,而周以埔是玉田的父亲,周以均与周以埔二人的祖父为亲兄弟;周锡祺与玉田为不同房份的族兄弟。周作人在"桑下丛谈"中引入的三位家族人物及其刊刻地方文献的事迹,使得玉田的书斋成为周氏家族文化的象征与隐喻,并在史料层面牵涉出更多的家族人物,展示出玉田周边的周氏家族文脉。

周以埔与潘希淦之子潘尚楫是儿女姻亲。潘希淦是一位"讲习经史,工制艺""有经师之誉"的博学宿儒,他的儿子潘尚楫是"嘉庆庚申举人",官任"山东曹州府知府"[3]。周以埔之父(即玉田祖父)周莹(筠轩公)曾"请业"于潘希淦门下,潘尚楫看重

---

[1] 周作人:《〈左腴〉周氏刻本》,《周作人散文全集》第8卷,第706页。
[2] 潘希淦:《左腴》(卷上),艺兰书屋清道光二十八年(1848)刻本,卷末。
[3] 1936年1月绍兴县修志委员会校刊:《道光会稽县志稿》,卷十七"人物志·儒林",第36页。

周莹是"笃望""修德力学之士",且"蠡城周氏"为"诗书为业""忠厚承家"[1]的望族,将自己的次女许配给周莹的次子周以墉。潘氏与周以墉共育有九子、二女,玉田是第五子。科举关系与婚姻关系的叠加,使周、潘两家关系密切,因此周作人将《左腴》"覆盆桥周氏刻本"视作"吾家故物"[2]。

周作人强调了周以均、周以墉与周氏兄弟所属房份的关系:"一斋公为曾祖八山公之从弟,曾重刊《越言释》,鸿卿公则曾祖之同祖兄弟,即花塍之父"[3],即二人与周氏兄弟同属"清道房公允公派四支"。1931年4月7日,周作人在马廉购于北平书肆宝伦堂的《越城周氏支谱》第六号上题词,署名为"会稽周氏清道房公允派四支十四世周作人"[4];1938年5月6日,周作人又在自己所藏的《越城周氏支

---

[1] 潘尚楫:《筠轩公像赞》,周以均纂、周锡嘉续纂:《越城周氏支谱》,宁寿堂清光绪三年(1877)木活字本(数集),中国国家图书馆藏,1a—1b。
[2] 周作人:《〈左腴〉周氏刻本》,《周作人散文全集》第8卷,第706页。
[3] 同上。
[4] 周作人:《〈越城周氏支谱〉题记》,《周作人散文全集》第5卷,第756页。

谱》第二十号上题字："十四世周作人谨藏，廿七年五月六日题签"①。面对家族脉络绵延，周作人表现出强烈的宗族谱系意识。根据《越城周氏支谱》中《清道房公允公派四支世录》②，可以整理出从第八世周渭（熊占公）至第十四世周氏兄弟（鲁迅、周作人）的谱系示意图（见图1）：

在周氏家谱中，周以塽的名字是之镎（字鸿卿）。由上图可见，周以塽的父亲周莹，与周氏兄弟的曾祖父周以埏（苓年公）的父亲周珪（瑞璋公）是亲兄弟；周以均（一斋公）的祖父周鑑，与周氏兄弟曾祖周以埏的祖父周宗翰（佩兰公）是亲兄弟。结合周氏家谱，会发现周作人从家族谱系视角，交代了从玉田的父辈（周以塽、周以均）开始四代人与周氏兄弟的关系。

首先是第十一世周以均与周以塽。

以均，字一斋，号赞平，一字仲笙，晚号澹香，行一。道光甲午科经魁……生嘉庆甲子三月廿九日未时，卒同治辛未三月初二日午时……生子二，锡祺、

---

① 《越城周氏支谱》，中国国家图书馆藏。
② 《清道房公允公派四支世录》，《越城周氏支谱》（御集），1a—27a。

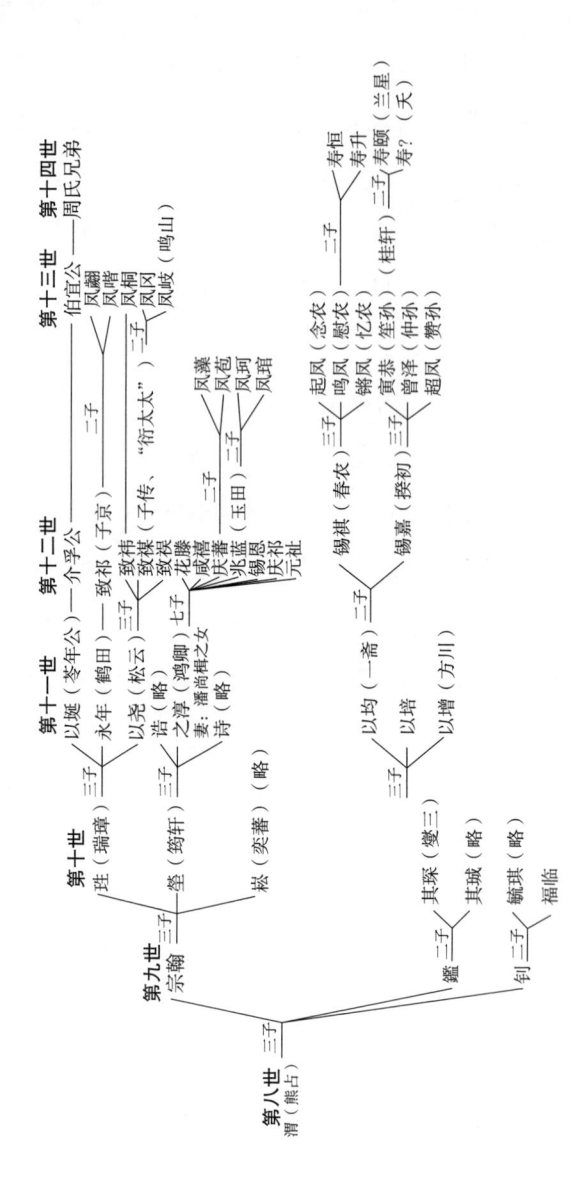

图 1　第八世至第十四世周氏家谱示意图

锡嘉……①

> 之锌,原名谟,字汝嘉,号鸿卿,行四。会稽学廪贡生,候选训导。生嘉庆庚午六月四日酉时,同治壬戌八月初十日酉时殉难。恩衅云骑尉,世袭恩骑尉罔替,入祀浙江省城忠义祠。配头陀庵前潘氏,嘉庆庚申恩科举人、山东曹州府知府,赏戴花翎尚楫次女……生子九:麒麟、达、庚铭、咸禧、庆蕃、兆蓝、锡恩、庆祁、元祉……麒麟夭、达殇。②

其次是第十二世花塍(1839—?)、椒生(1843—1917)③、玉田(1844—1898)三兄弟,属仁房三派(礼义信)中的义房,是周氏兄弟的三位叔祖:

> 庚铭,原名邦彦,字花塍,行十二。会稽学附生,兼袭云骑尉。生道光己亥正月初七日卯

---

① 《清道房公允公派四支世录》,《越城周氏支谱》(御集),页13b—14a。
② 同上,页11b—12b。
③ 鲁迅:《琐记》,《鲁迅全集》第2卷,第256页,注释[37]指出周庆蕃的出生年份为1845年,有误。《清道房公允公派四支世录》中庆蕃"生道光癸卯四月十九日",即1843年,其为玉田叔祖的兄长,《越城周氏支谱》(御集),19b。

时，配观音寺前胡氏广西候补按察司照磨世袭云骑尉起元长女，生道光乙未闰六月廿一日寅时。①

庆蕃，字椒生，号杏林，行十八。会稽学附生，光绪丙子科举人。生道光癸卯四月十九日亥时，配峡山何氏道光癸卯副贡生同知衔江苏候补知县彬长女，生道光癸卯十月十二日戌时，辛同治壬戌八月十四日未时，继配萧山瞿氏临颍县典史继昌女，生道光癸卯十一月十六日亥时，生子二：凤藻、凤苞。②

兆蓝，字肖云，号玉田，行二十。会稽学附生。生道光甲辰五月十五日丑时，配朱氏女，生道光丁未正月初六日戌时，生子二：凤珂、凤琯。③

花塍、椒生、玉田三人均与鲁迅的启蒙、阅读乃

---

① 鲁迅：《琐记》，《鲁迅全集》第2卷，第256页，注释［37］指出周庆蕃的出生年份为1845年，有误。《清道房公允公派四支世录》中庆蕃"生道光癸卯四月十九日"，即1843年，其为玉田叔祖的兄长，《越城周氏支谱》（御集），19a。

② 同上，19b。

③ 同上，20a。

至接受新学思潮关系密切。除了玉田外，花塍担任过鲁迅的"开蒙"先生，周氏兄弟都曾在其门下读书：

  鲁迅的"开蒙"的先生是谁，有点记不清了，可能是叔祖辈的玉田或是花塍吧。虽然我记得大约七八岁的时候同了鲁迅在花塍那里读过书，但是初次上学所谓开蒙的先生照例非秀才不可，那末在仪式上或者是玉田担任，后来乃改从花塍读书的吧。①

  如果说玉田启发了鲁迅的杂学兴味，那么花塍则承担了周氏兄弟的启蒙教学，后者同样是值得关注的人物。比玉田年长一岁的椒生也被鲁迅写入《琐记》：他协助过鲁迅去南京求学、却反对鲁迅接受新思潮，以顽固守旧的"本家的老辈"② 的形象被定格在鲁迅文本中。三位叔祖，要么对鲁迅的"开蒙"、阅读有过培育之功，要么对鲁迅新学兴趣进行了扼杀与钳制、对鲁迅接受新思潮起到反向推动作用，均与鲁迅的成长经历关系密切。

  除了义房十二世的三位叔祖之外，周作人在"桑

---

① 周启明：《鲁迅的青年时代》，中国青年出版社 1957 年版，第 13 页。
② 鲁迅，《琐记》，《鲁迅全集》第 2 卷，第 306 页、第 311 页注释 [37]。

下丛谈"又补充了中房十二世的周锡嘉（1839—1890），他是周以均次子、"曾重修本族的家谱"[1]，周作人幼年曾见过他[2]。周以均的两个儿子周锡祺、周锡嘉的生平简况在《越城周氏支谱》中有记载：

> 锡祺，字春农，号兰侯，行二。会稽学附生。生道光丙戌四月十四日未时，卒咸丰甲寅七月初三日亥时……生子三：起凤、鸣凤、铿凤……[3]
>
> 锡嘉，字揆初，号拙君，行十四。捐职翰林院待诏，议叙同知衔，指分江苏试用县丞。生道光己亥十一月初十日卯时，卒光绪庚寅十月十四时申时……生子三：寅恭、曾泽、超凤……[4]

第三代是周锡祺的三个儿子起凤、鸣凤、铿凤，

---

[1] 周遐寿：《鲁迅的故家》，文化生活出版社1956年版，第103页。
[2] 周作人：《〈越言释〉》，《周作人散文全集》第8卷，第649页。
[3] 《清道房公允公派四支世录》，《越城周氏支谱》（御集），21b。
[4] 同上，22a—22b。

分别字念农、慰农、忆农;以及周锡嘉的三个儿子寅恭、曾泽、超凤,分别字笙孙(桂轩)、仲孙、赞孙,他们是周氏兄弟的叔伯辈。周氏兄弟的父亲伯宜公与桂轩①、慰农②均颇为要好。值得一提的是,伯宜公与慰农都有为大殓之前的死者"穿衣服"的技能:"他们两人有一回曾为本家长辈(大概是慰农的叔伯辈吧)穿衣服,棋逢敌手,格外显得出色,好些年间口碑留在三台门里。"③ 鲁迅不仅继承了伯宜公这一本领,曾为祖母蒋氏大殓之前"穿衣",并把这一细节写进了小说《孤独者》,成为魏连殳为祖母"穿衣"情节的本事④。

桂轩1893年便已去世⑤。与桂轩同辈、与周氏兄弟的生活与文本相关的家族人物,还有凤岐、凤琯、凤桐。凤岐(鸣山)是致祺的次子⑥,与周氏兄弟先后去往南京学堂求学。凤琯为玉田叔祖的次子,

---

① 周遐寿:《鲁迅的故家》,第83页。
② 同上,第102页。
③ 同上,第64页。
④ 同上,第62页。
⑤ 《清道房公允公派四支世录》,《越城周氏支谱》(御集),27a。
⑥ 同上,24b。

同样被写进鲁迅文本,成为《琐记》中"打旋子的阿祥"[①]。凤桐是致祎的儿子,其轶事被剪裁进入《阿Q正传》,成为阿Q向吴妈求爱的本事[②]。

第四代,便是周氏兄弟的族兄兰星,本名周寿颐:他是周以均的曾孙、桂轩的儿子。兰星与鲁迅是三味书屋的同窗[③],与鲁迅关系不错。当兰星的恋爱受到"伪道学的长辈"非议时,鲁迅出于对这些人的"厌恶"反倒对兰星"特别亲切接待",进行过"无言的声援"[④]。尤其重要的是,《阿长与〈山海经〉》中提到的"那时最爱看"的《花镜》,正是兰星"以二百钱代价"[⑤]卖给周氏兄弟的,时间大约为甲午年间,版本为"木版大本"的"翻刻"本[⑥]。

以玉田叔祖为起点,周作人重溯了前后四代家族人物。从义房十一世开始,周以墉和他的几个儿子:

[①] 鲁迅:《琐记》,《鲁迅全集》第 2 卷,第 302 页。
[②] 周遐寿:《鲁迅小说里的人物》,上海出版公司 1954 年版,第 83 页。
[③] 周遐寿:《鲁迅的故家》,第 53 页。
[④] 同上,第 104 页。
[⑤] 同上,第 103 页。
[⑥] 同上,第 70 页。

玉田、花塍、椒生；以及自中房十一世开始，周以均—周锡嘉—桂轩—兰星，他们或对鲁迅有过杂学启蒙，或提供书籍，好几位人物均与鲁迅学术趣味的培育有着渊源关系，一些人事被写入了鲁迅文本。玉田之父周以墡、族伯父周以均在地方文献传播中的功绩、玉田外祖潘希淦在经史上的深厚造诣等，使得玉田的书斋成为家族内外几代人学术积淀的缩影。周作人铺叙了浓缩在《朝花夕拾》中玉田叙述背后的史料，展现出周氏家族文脉的内在图景。

二　蠡城周氏：从"章句"到"诸书"

周氏家族中，考上举人的不乏其人，考中秀才的则更为常见。周以均、周以墡、周锡祺三人均取得过举人或秀才的科名。以"诗书为业"著称的"蠡城周氏"又多选择与当地有功名、有社会地位的人家结为姻亲，家族文脉成为一种世代累积的、渗透在家族血脉与家庭氛围中的遗传基因。周以墡52岁死于太平天国战乱，但留下了七个儿子，子孙绵延保证了家族文脉成为可延伸与复制的文化谱系。

以周以均为例，他是一位举人，并且是"道光甲午科经魁"[1]，但三次会试都没有考中[2]。虽然未能取得进士科名，他却"以经史有用之学教授乡里，士之敦实践者翕然奉为经师、人师。凡经教授，先后掇科第以去"[3]。在其自订"年谱"中，周以均提到了他在举业传授方面的辉煌成绩："同治六年丁卯（按：1867）六十四岁"，"与在院肄业诸人讲求实学，自是同志者来游益众。本年甲子丁卯乡试，及门杨爕和、潘良骏、孙琥铭、沈百墉、鲍谦、胡太晟、侄福清同榜中试"[4]。1867年周以均有六名学生加上族侄周福清（周氏兄弟祖父）同榜中举，足以见出周以均学养深厚。他直接助力了一批及门弟子与家族晚辈在举业道路上飞黄腾达。周福清后来考中进士并入翰林院，成为周氏家族中科名最高的人，延续并实现了族叔周

---

[1]《清道房公允公派四支世录》，《越城周氏支谱》（御集），13b。
[2] 章嗣衡：《越城周氏宗谱序》，《越城周氏支谱》（礼集），1b。
[3] 同上，1b。
[4] 澹香老人手订：《一斋公年谱》《越城周氏支谱》（数集），12b。

以均的科举理想。

然而，自周氏兄弟的曾祖辈起，已经酝酿着一股由经学向杂学演变的风尚：即在注重举业的同时，也关注实学、注重博览，对于经学以外的各类书籍均有涉猎。这一变化的背后，与清代浙江省科举录取率极低，优秀士子屡试不中的客观情况有关。专心科举的士子在努力攻读中博览群籍，以对各体文章的兼习来达到对八股章句的彻悟与把握，是一种从举业内部发展出来的由专到博的自然过程。周以均长子周锡祺便是这一变化的典型例证：

公少时已崭然见头角，至性过人，敦孝友、嗜学，朝夕手一经。燮三公深爱之。年十九，补博士弟子员，有声黉序。试于乡，辄元荐，卒奇于遇，不获售。人咸以为惜，而公殊自若也。语其姑婿马株舫曰：不患有司之不明，患吾业之不精。下帷攻，苦学益力，于章句之外一切周秦两汉六朝唐宋诸书靡不搜习。每一操笔翰，动若飞，纸落如云[①]。

周锡祺博览历代"诸书"的阅读方向，却又直接

[①] 潘遹：《春农公传》，《越城周氏支谱》（敦集），1a。

引发了对"章句"之外各体文章、各种学术资源的兴趣。这在周氏家族内部并不鲜见：周以墉曾"潜心古学，工诗赋"[1]；周以均的弟弟周以增"喜读书，于经史百家无不毕览，精岐黄，尤究心于形家三合五行之旨"[2]。以举业为目标和出发点的杂览使得杂学本身成为关注的对象。在这一演变过程中，以经师自命的周以均本人便表现出一种矛盾的态度。在他主持编纂的《越城周氏支谱》与自订年谱中，科名观念与由此树立的家族地位、身份是贯穿始终的关键线索，他在年谱中只字未提自己在地方文献的刊刻、传播中的工作，表明科举才是其主业。但与此同时，他又表现出超越时人的对"书籍"的别具"理解"，以及在方志、方言、民俗等领域的独到眼光，包括"以黜浮崇识为先"[3]的文章观念等，显现出有别于传统眼界的崭新动向。晚年周以均绝意仕进却又"好学不倦"[4]，读书

---

[1] 程仪洛：《鸿卿公传》，《越城周氏支谱》（敩集），1a。

[2] 马传煦：《方川公传》，《越城周氏支谱》（敩集），1a。

[3] 潽香老人手订：《一斋公年谱》，《越城周氏支谱》（敩集），15a。

[4] 同上，15b。

成为其安身之道，其所读之书早已突破了八股制艺的范围。

清代浙江科举道路的狭窄与艰难，不仅从举业内部发展出学术方面的博览倾向，并且催生出一种以实践为主导的人生选择，绍兴师爷的出现便是极具代表性的地域文化现象。即便如周福清这样登上科举巅峰的人物，也在留给子孙的《恒训》中要求后代须有恒业，这一强调务实的家训潜在影响了周氏兄弟的人生选择乃至文学面貌。

周氏家族的杂学倾向，主要体现在其史学观念与实践中。这从周以均参与县志、家谱的编纂可以看出。他参与了清代绍兴最后一部地方志《道光会稽县志稿》的编纂，并为此"购访遗书"①，这在章嗣衡所撰《越城周氏宗谱序》中有记载：

> 岁戊申（按：1848），郡守王公德宽莅越，耳公名，聘修会稽县志。殚心编纂，历二载而书成。会遭粤寇之警，稿毁于兵火，郡士人至

---

① 周作人：《〈左脓〉周氏刻本》，《周作人散文全集》第8卷，第706页。

今惜之。①

周以均在方志编纂中的成绩，被认为具备了史家"才、识、学三长"②。可惜的是，这部县志毁于太平天国战火，只保留了草稿，即今天的《道光会稽县志稿》。周以均晚年又"手辑家乘"、致力于家谱编纂，《越城周氏支谱》被认为"其义例之详审，考核之精当，文辞之温雅，为近时谱牒家所未有"③。县志与家谱的编纂显示出周以均的史学才华。

周以均的史学实践背后，又展现出一种家族整体行为。作为《越城周氏支谱》最重要的编者，周以均并非编辑"家乘"的首倡者，其父周其琛（1787—1840）于"道光己亥庚子间"（1839—1840）提出了这一想法。自"同治丁卯"（1867）年开始，周以均与弟弟周以增（1811—1874）"复踵行之，积三年之久，粗成大略"，将父亲的愿望付诸实

---

① 章嗣衡：《越城周氏宗谱序》，《越城周氏支谱》（礼集），2a。
② 同上，1a。
③ 同上，2b。

践。周以均去世后,他的次子周锡嘉"慨念先人未成之志"①、"踵成先志,校付手民"②,最终将家谱刊行于世。而在周锡嘉"聿总其成"③、将周以均的遗稿付诸出版的过程中,周氏家族多位成员承担了"补访世录","钞录稿本,编次世表","监印谱本、校对遗误"④的工作。从周其琛、周以均、周锡嘉到周起凤、鸣凤、铿凤,有四代人参与了家谱编纂,《越城周氏支谱》显现出史学实践在周氏家族内部的展开。学界已经指出"鲁迅家族的家学渊源就以史学为重"⑤,以周以均为代表的史学成绩便是这一家学脉络的具体体现。

作为周氏家学的史学,并非狭义的经史之学,而是纳入了各类史学材料的广义史学,周以均的史学实践本身便显现出鲜明的杂学面貌。1943年周作人曾谈

---

① 周国柱、周庆罩:《自序》,《越城周氏支谱》(礼集),1b。
② 章嗣衡:《越城周氏宗谱序》,《越城周氏支谱》(礼集),2a。
③ 周国柱、周庆罩:《自序》,《越城周氏支谱》(礼集),2a。
④ 同上,1b—2a。
⑤ 陈方竞:《鲁迅与浙东经史文化》,《中国现代文学研究丛刊》1993年第2期。

及搜集到两种地方家族祭规：萧山汪氏《大宗祠祭规》（汪辉祖订定）与山阴平氏《瀔祭值年祭簿》（平步青订定）。作为史学资料的祭规看似"呆板单调"，周作人却看重其民俗学的史料价值，指出"祭祀是民俗之一重要部分"。周作人由此回忆了曾经亲见的周氏家族"七世致公祭祭规"，其订立者正是周以均，其"条理"、宗旨与平步青所订者相似。更特别的是，无论汪辉祖、平步青亲定的祭规，还是"破天荒之书"《越谚》，均未记载过"忌日酒菜单"，但周以均所订祭规中却包含此项。"忌日酒菜单"虽然微细却"大可备考"[1]，它从"祭祀名物"的视角为民俗研究提供了物质文化史资料，表现出周以均从不起眼的材料中看到学术价值的史学眼光。

周以均对专注于记载方言、地方名物的杂著颇为推崇，他曾因喜读乡贤著作茹三樵《越言释》，将其"缩为巾箱本，重梓单行，俾越人易于家置一编"[2]。虽然这一刻本"毁于太平天国之乱"，但后出的"啸

---

[1] 周作人：《两种祭规》，《周作人散文全集》第9卷，第104页。
[2] 周作人：《花镜》，《周作人散文全集》第6卷，第261页。

园刻本"却由周一斋"巾箱本"翻刻而来并得以流传。周作人曾花了二十多年时间搜集了《越言释》的"原刻大本"与"啸园葛氏刻巾箱本"[1]，并将它作为谈论"越人著作"[2]时的开篇之书，可见周作人对这位曾祖辈家族人物的敬意。

三 周氏家族与浙东学术

周以均的史学贡献，集中体现在他对浙东学派集大成之作——章学诚《文史通义》"大梁版"的保存。周作人通过辨析李慈铭日记与谭献日记的不同说法，钩沉出周以均与周福清找到《文史通义》"木版"，将其"送给浙江官书局，修补印行"[3]这一史实。在周作人的叙述中，《文史通义》是由周以均与祖父周福清送到浙江官书局，得以刊刻并广泛流传的。

---

[1] 周作人：《〈越言释〉》，《周作人散文全集》第8卷，第649页。
[2] 周作人：《〈桑下丛谈〉小引》，《周作人散文全集》第8卷，第730页。
[3] 周遐寿：《鲁迅的故家》，第103页。

谭献对此却有不同讲述。他指出，"《通义》写本得读于厦门大梁板刻，浙东兵后，献渡浙江，访得于会稽周氏祠堂，亦阙佚矣。出箧中旧本，补刻于杭州书局，印行广州，有《伍氏丛书本》"[1]。在谭献的叙述中，周氏族人在太平天国战乱中、于家族祠堂中保存了《文史通义》"大梁版"，但已有"阙佚"；谭献有机会看到这个版本，并"出箧中旧本"进行补充，并将补充后的"大梁版"拿到浙江官书局[2]、促成了《文史通义》的刊行[3]。

二人说法存在差异。然而，《文史通义》"大梁板"无论是由周以均、周福清还是谭献拿到浙江官书局刊刻的，周以均在太平天国战乱中保存这一版刻的史实可以确定。就连谭献自己也说："访得《章氏遗

---

[1] 谭献：《章先生家传》，《谭献集》（上册），浙江古籍出版社2012年版，第237—238页。

[2] 孙次舟：《章实斋著述流传谱》，《说文月刊》1940年第三卷第二、三期合刊，第101页。

[3] 谭献在日记中也有相似说法："《章氏遗书》板至，残佚五十四叶。取予藏本，上木翻刻补完。此书终以予故，得再行于世矣（《粤雅堂丛书》有之）"，谭献著，范旭仑、牟晓朋整理：《复堂日记》，河北教育出版社2001年版，第58页。

书》、《文史通义》、《校雠通义》，版刻在周氏，同年介孚名福清之族人也。辗转得之，不虚吾渡江一行"①。学界已据此展开论述，提出"《章氏遗书》的大梁本版刻就收藏于周福清的族叔周以均处"，"据出版史专家井上进先生的考察，在《文史通义》的传本中，多是这个浙局补刻本"，这一版本"对《文史通义》的广泛传播起了很大的作用"②。

周以均对《文史通义》"大梁版"的保存之功，使他不仅在《文史通义》版本史上，成为联结"大梁版"与"浙局补刻本"的重要人物；并且在清代思想史上，成为联结章学诚与谭献的过渡环节。如谭献所言，他能够读到《章氏遗书》并将其"翻刻补完"，章学诚遗著得以"再行于世"③，他与周福清的乡试同年关系是其得以接触到周以均所藏"大梁板"的关键因素。

周作人注意到了周氏家族与浙东学术的这一交

---

① 谭献：《复堂日记》，第57页。
② 王标：《谭献与章学诚》，《杭州师范大学学报》（社会科学版）2009年第1期。
③ 谭献：《复堂日记》，第58页。

集，据此提出了"鲁迅与浙东学术"的学术史命题。1956年是鲁迅逝世二十周年，周作人在已经出版《鲁迅的故家》《鲁迅的青年时代》的情况下，又写了一组纪念文章，并认为这组文章较之前作更得"要领"①。他为鲁迅"思想文章"之"深刻犀利"找寻"来源"时②，贯穿了对这一历史渊源的脉络梳理。

在谈到"鲁迅的文学修养"时，周作人对清后期"浙东学派"与"浙西学派"最具代表性的人物做了一番点评，鲁迅被纳入这一脉络中：既承接其影响，又成为"这一派的代表"，勾勒了一条鲁迅与清代浙江学术之间继承与叛逆的总体线索。

周作人对于浙江学术史的大致概括是"浙西学派偏于文，浙东则偏于史"，"袁随园与章实斋""谭复堂与李越缦"分别被视作代表各自地域（浙西与浙东）的代表。周作人又将时段上推，把清初的毛西河，以及为毛西河特别反对的南宋理学家朱熹也纳入浙东学术的源流中。周作人分别为这六人加上注释，

---

① 周启明：《鲁迅的青年时代》，第5页。
② 同上，第58页。

可以视作一份极简版的浙江学案:

袁随园名枚,号子才,杭州人。乾隆时(十八世纪)以诗名。思想比较自由,特别关于两性问题主张开放。

章实斋名学诚,绍兴人,乾隆时史学家,有学问而思想较旧,反对袁随园的主张,作文批评,多极严刻。著有文史通义等书。

谭复堂名献,杭州人,善诗文,生于清末,为章炳麟之师。

李越缦名慈铭,绍兴人,生于清末,长于史学及诗文,喜谩骂人,作文批评亦多严刻。著有诗文集及越缦堂日记。

毛西河名奇龄,绍兴萧山人,生于清初(十七世纪),学问极渊博,著有西河合集数百卷。解说经书极有新意,最不喜朱熹的学说,多所攻击,其大胆为不可及。[1]

朱晦庵名熹,福建人,通称朱文公,南宋时道学家,注解四书,宣传旧礼教,最有力量。[2]

---

[1] 周启明:《鲁迅的青年时代》,第5页。
[2] 同上,第59页。

周作人对这段学术史脉络的梳理,明显受到章学诚《浙东学术》一文的启发。周作人在这条脉络中纳入了朱熹,原因是章学诚提出"浙东之学"出自"婺源",对这一学派进行了源头追溯①。值得注意的是,周作人从六位代表人物对鲁迅的影响角度,揭示其各自特质:如思想的新锐、批评的严刻、攻击的大胆、文风的犀利等等。周作人因此成为最早提出"鲁迅与浙东学术"这一课题并勾画出具体线索的论者②。他认为鲁迅与上述人物之间存在着程度不同、面向不一的关联:读过他们的代表作,并且与其间几位有着具体交集。如拜谭献的学生章太炎为师;祖父周福清与李慈铭在京中有交往;癸巳年(1893)之前李慈铭的堂兄弟曾租住周家新台门"大堂前以西两大间"③ 等等。"鲁迅"成为周作人在回溯"浙东学术"历史脉络时的现代视角。

而在列举完上述大儒之后,周作人特别提出祖父

---

① 章学诚著,仓修良编注:《文史通义》,商务印书馆2017年版,第121页。
② 陈方竞:《对鲁迅与章学诚联系及其"五四"意义的再认识》,《社会科学战线》2001年第3期。
③ 周遐寿:《鲁迅的故家》,第35页。

周福清对鲁迅的直接影响[1]，祖父平日言谈中的"谿刻"[2] 正是现身说法、让鲁迅直观领会浙学名家议论之"严刻"[3] 的日常情境。

介孚公对周氏兄弟的启蒙教育颇为重视。他在1889年9月5日寄给儿子周伯宜的家书中，附上了两部《诗韵释音》，令其分给"张、魁两孙逐字认解，审音考义"。周福清认为"吾乡知音韵者颇少，蒙师授读，别字连篇"，这部指定的开蒙教材为周氏兄弟的"小学入门"[4] 打下了文字学基础。后来周氏兄弟成为章太炎弟子，至五四时期在语言文字方面推动中国文学的变革，祖父当年对文字学的重视可视作某种源头[5]。

《诗韵释音》的作者是周福清的"业师"陈昼卿，

---

[1] 周启明：《鲁迅的青年时代》，第59页。

[2] 同上。

[3] 同上，第58页，注释2，4。

[4] 转引自姚锡佩：《〈诗韵释音〉和鲁迅的家学——兼考周介孚的两次训示》，《学术月刊》1981年第7期。

[5] 直至1915年周作人仍在重读《诗韵释音》（周作人1915年4月11日日记，鲁迅博物馆藏《周作人日记》（影印本）（上册），大象出版社1996年版，第553页），在作为五四准备期的民初乡居时代，祖父当年指定的开蒙读物，仍然是周作人的语文资源。

周作人在"桑下丛谈"中曾忆及"儿时屡闻"祖父称赞自己的老师。陈昼卿重视"故乡文献",曾"别录《三不朽图目》《诗巢祀位》等文,为《越中观感录》一卷"①。民初周作人曾购置并阅读《勤余文牍》等著作②,并在"桑下丛谈"中引用了他的《勤余诗存》③。由《诗韵释音》为起点,周作人对陈昼卿著述、整理的乡邦文献持续关注,并对"越人文献"刻意搜求,可以看到祖父这一源头所产生的潜在而深远的影响。

除了对文字学的强调外,周福清在周氏兄弟国文教育中特别提出"奖励读小说"。这种"特别"的"教育法"④ 使周氏兄弟获得了一般世家子弟很难拥有的"偶然的幸运"⑤,直接引向其日后在小说领域内的卓越成就。尽管祖父教育理念的目的,是为了引导孙

---

① 周作人:《〈三不朽图赞〉》,《周作人散文全集》第1卷,第401页。
② 周作人1913年11月27日、1914年1月28日、1915年4月6日、7月27日日记,《周作人日记》(上册),第474、486、551、571页。
③ 周作人:《踏桨船》,《周作人散文全集》第8卷,第665页。
④ 周作人:《儿童的书》,《周作人散文全集》第3卷,第76页。
⑤ 同上。

辈在经学上深入用功，从小说入手容易使其产生"看书的兴趣"①。但他看到了"专读经书八股"可能造成思想上的"淤塞不通"，令孙辈自由读书以求通达，却意外展示出经书之外的小说天地。周作人后来在回顾自身"国文的经验"时，反复强调"我的国文都是从看小说来的"②，便包含着对祖父教育思想与阅读趣味这一影响源头的追溯与确认③。

从 1942 年的"桑下丛谈"至 1951 年的"百草园"杂记，周作人挖掘出在章学诚、谭献等开一代学风的硕学鸿儒与鲁迅之间，存在着周以均、周福清等家族人物这一隐蔽而重要的中间环节。后者的学术兴趣与眼界、文风，搭建起鲁迅与浙东学术之间的桥梁，使一时代的学术传统具体作用于下一位集大成者身上，持续发酵并发生质变。

---

① 周作人：《〈西游记〉》，《全集》第 10 卷，第 826 页。
② 周作人：《我学国文的经验》，《周作人散文全集》第 4 卷，第 770 页。又如《小说与读书》、《小说的回忆》，《周作人散文全集》第 9 卷，第 191、488 页。
③ 周作人：《〈镜花缘〉》，《周作人散文全集》第 3 卷，第 51 页。至 1960 年代写作《知堂回想录》时，周作人仍然提及祖父所给予的小说教育，《知堂回想录》，三育图书文具公司 1980 年版，第 109 页。

周作人曾将鲁迅的工作概括成"搜集辑录校勘研究"与"创作"两大部分，前者又被细分作九个方面：如《会稽郡故书杂集》、谢承《后汉书》、《古小说钩沉》、《小说旧闻钞》、《唐宋传奇集》、《中国小说史》、《嵇康集》、《岭表录异》、汉画古刻。以浙东史学的特征来看，鲁迅正是以史学方法对其"杂览"所涉及的种种生僻领域进行学术史建构。这些"起因亦往往很是久远"的学术工作的背景，是作为接受中介的家学脉络。由早年对"线装书与画谱"[1]的爱好，到后来对未登大雅之堂的稗官野史、金石图像所做的开创性工作，鲁迅继承并发扬了周氏家族中的史学路数，完成了另一种意义上的"衍家学而甲第"[2]。

作为与众不同的写作题旨，1942年"桑下丛谈"的"回忆录"特征已为论者关注[3]。大约十年后，1951年周作人在《亦报》上开设"百草园"专栏，

---

[1] 知堂：《关于鲁迅》，《宇宙风》1936年第二十九期。
[2] 潘尚楫：《筠轩公像赞》，《越城周氏支谱》（数集），3a。
[3] 止庵：《关于〈书房一角〉》，周作人：《书房一角》，河北教育出版社2002年版，第3页。

"桑下丛谈"的一些篇章、段落亦被收录其间。如果说"百草园"专栏是周作人借鲁迅文章铺展而来的"回忆文",有为《朝花夕拾》作笺注的意图;那么"桑下丛谈"则可视作周作人正式写作"回忆文"之前的"回忆文"。周作人由考述典籍而梳理背后参与其事的校刊者,将《阿长与〈山海经〉》中玉田叔祖所给予鲁迅的"杂学"影响,扩展为以周以均、周福清等为代表的家族文脉的丰富情形。周以均所从事的县志、家谱编纂、刊刻《左腴》、缩印《越言释》"巾箱本"等地方文献整理工作,尤其是在章学诚《文史通义》"大梁板"的保存与刊刻中所做的贡献,使其成为周氏家族"杂学"脉络的代表人物。"史学"与"杂览"并重的读书趣味,使浙东学术的重要特征在家族文化内部积累,成为子弟教育的潜在背景乃至开蒙方向,对周氏兄弟的杂学面貌产生了方向上的指引。"桑下丛谈"所聚焦的家族文脉与地方学术这一视角,呈现了《朝花夕拾》未展开的鲁迅学术资源这一命题,为具体展示鲁迅与浙东学术的关系打开了一扇窗口。

(本文原刊于《鲁迅研究月刊》2022年第1期)

石岸书

个人简介

石岸书,湖南娄底人,清华大学文学博士,中国现代文学馆第十届客座研究员,曾任教于华东师范大学传播学院(出版学院),现为中国人民大学文学院副教授。主要从事中国当代文学史、当代文化与思潮相关研究。曾获第十届、第十一届唐弢青年文学研究奖入围提名,获第十二届唐弢青年文学研究奖。

授奖词

石岸书的《文学习性、情感政治与两种"读者"的互动——重审〈班主任〉〈伤痕〉的发表过程》从"党群关系"的角度介入《班主任》《伤痕》文本,对小说的写作、发表与经典化过程展开缜密分析,并据此来理解"伤痕文学"的发生,佐证改革政治生成的历史情境。文章独辟蹊径,立论严谨,显示了宽阔的视野、综合的研究方法和扎实的学术功力。

■ 文学习性、情感政治与两种"读者"的互动
——重审《班主任》《伤痕》的发表过程

伤痕文学历来被赋予起源性的意义。它不但标志着新时期文学的兴起，也指涉着改革政治的生成。已有众多研究从伤痕文学与改革政治的关系着手，本文也想沿此出发，尝试基于中国社会主义政治中的基本政治机制来理解伤痕文学的发生。在文学与政治高度统合的历史条件下，使得改革政治生成的政治机制，的确同时也是使得伤痕文学发生的政治机制。

众多研究已经指出，从延安时期直到改革初期，文学与政治的统合关系，是与大众动员、群众参与的政党政治密切相关的，其关键特征之一是政党与人民群众的循环往复的互动，这种党群互动关系的理想形式体现在"群众路线"这一经典表述之中："从群众中来、到群众中去。"[①] 在文学领域，党群互动主要体

---

① 典型的论述如马克·赛尔登所总结的"延安道路"："在战争、革命、政治和经济各方面都将群众参与作为一个基本原则。"见马克·（转下页）

现为个体性、群众性的文学实践与党的文学部门始终处于循环往复的互动过程之中,在其中党的文学部门基于特定政治目标或政治价值,不断地发动、组织、领导作家群体和读者群众的文学参与,又使这种文学参与始终保持在党及其意识形态部门所设置的政治议程之内。文学领域的党群互动的典型表现形式是各种类型的文学运动,例如新民歌运动,改革初期的新时期文学或许亦可理解为一场新型的文学运动①。

(接上页)赛尔登《革命中的中国:延安道路》,魏晓明、冯崇义译,社会科学文献出版社 2002 年版,第 203~204 页。斯考切波则将基于党群互动所创造的国家称为"大众动员型政党国家",而革命政治的群众动员方式被称为"大众参与式动员",参见西达·斯考切波《国家与社会革命》,何俊志、王学东译,上海人民出版社 2007 年版,第 289~341 页。汪晖则称之为"超级政党":"我将这个人民战争中形成的政党称为具有超政党要素的超级政党。所谓超政党要素,是指共产党与大众运动、建国运动、军事斗争和生产斗争相互结合,所谓从群众中来到群众中去的群众路线,也使得它不只是一个先锋党,而且也是一个大众运动。"见汪晖《十月的预言与危机——为纪念 1917 年俄国革命 100 周年而作》,《文艺理论与批评》2018 年第 1 期。蔡翔亦以"动员结构"来描述这种党群互动并注重分析其中的参与性与支配性,参见蔡翔《革命/叙述:中国社会主义文学—文化想象(1949—1966)》,北京大学出版社 2018 年版,第 74~126 页。
① 石岸书:《作为"新群众运动"的"新时期文学"——重探"新时期文学"的兴起》,《中国现代文学研究丛刊》2020 年第 12 期。

然而，这种循环往复的党群互动在文学实践中需要什么样的具体条件，呈现出什么样的具体运作过程，这一过程又如何具体地反作用于政治领域，这些问题依然值得继续追索。事实上，伤痕文学的发生是文学领域的党群互动的一个微观案例，经由对此案例的细察，我们可以深入探究文学领域中的党群互动的具体运作条件、具体运作过程及其对政治领域的反作用。由此出发，这种探究有助于我们继续理解新时期文学的兴起机制及其运作过程，也能为我们反过来从文学的角度出发理解改革政治的兴起及其复杂性，提供具体的立足点。为了更加聚焦，我们以标志着伤痕文学发生的《班主任》和《伤痕》作为考察对象。

一 "文学习性"与自觉的创作

在把握《班主任》和《伤痕》出世的历史细节时，一个值得凸显的方面，是刘心武和卢新华本人的创作心态以及由此展现出的主体性状态。或许应当说，正是刘心武和卢新华得以创作出既是伤痕文学也是新时期文学的发轫之作的那个主体性条件，才构成我们要追索的关键。

"文革"前，刘心武是北京的中学语文老师，已发表作品约 70 篇。经由毛泽东时代的政治教育和文学教育，刘心武早已经深谙文学与政治的辩证法，也洞察文学与政治的血肉联系所带来的机遇和危险。例如，"文革"前期，刘心武受到冲击，于是他明智地蛰伏起来，1972 年以后，正常的文学生产逐渐恢复，刘心武也因时而动，开始"重新搞文学"，并且"从原来见过报的'熟人'来找线索"，而在具体写作过程中，刘心武也"一度按照当时的'第五种文学'的标准来考虑作品，比如说'三突出'的原则，我要发表，所以也是努力去学习的"[①]。果然，1974 年，他成功被借调，离职写作。为了真正调离中学，刘心武"为当时恢复出版业务的机构提供合乎当时要求的文稿，发表过若干短篇小说，一部儿童文学中篇作品，

---

① 刘心武、杨庆祥：《我不希望我被放到单一的视角里面去观察——刘心武访谈录》，《上海文化》2009 年第 2 期。

一部电影文学作品"①。作为对他紧跟政治要求写作的奖励，1976年刘心武如愿正式调到北京人民出版社（后复名为"北京出版社"），成为专业文艺编辑。

在毛泽东时代，刘心武这样的文学实践者是非常典型的。这种文学主体已经理所当然地认为，"文艺服从于政治，这政治是指阶级的政治、群众的政治"②，或"文艺是时代的风雨表。每当阶级斗争形势发生急剧的变化，就可以在这个风雨表上看出它的征兆"③。总之，毛泽东时代典型的文学主体自然而然地将文学实践理解为政治实践，文学实践总是紧密地因应着政治形势的变动。这一点即使在"文革"结束后的1970年代末也并没有显著改变，正如《班主任》的责任编辑崔道怡所回忆的："文学与政治密不可分，在人们的意识中，文学几乎等同于政治，人们要从文

---

① 刘心武：《我是刘心武：60年生活历程之回忆》，天津人民出版社2006年版，第161页。
② 毛泽东：《在延安文艺座谈会上的讲话》，《毛泽东选集》第3卷，人民出版社1991年版，第866页。
③ 周扬：《文艺战线上的一场大辩论》，《人民日报》1958年2月28日第2版。

学作品思想的倾向感悟政治的风向。"① 正因为如此，即使"文革"造就了集体性的精神和情感郁积，但一如毛泽东时代一样，如何将之表达发抒出来仍然既是一个文学问题，也是一个政治问题。对此，1977年的刘心武深谙于心。由于从中学调入了出版社，他甚至感到自己比一般人更具有政治-文学敏感性，因为出版社"提供了比中学开阔得多得多的政治与社会视野，而且能更'近水楼台'地摸清当时文学复苏的可能性与征兆"②。问题在于，这种政治-文学敏感性如何具象化到文本之中呢？

让我们重回刘心武创作《班主任》的具体语境。1977年7月，邓小平复出抓科学教育工作，从该年7月到9月有三次讲话提出恢复实事求是的优良传统、教育战线要拨乱反正和正确对待知识分子等观点③。

---

① 崔道怡、白亮：《我和〈班主任〉——崔道怡访谈录》，《长城》2011年第7期。
② 刘心武：《我是刘心武：60年生活历程之回忆》，第158页。
③ 邓小平这三次讲话分别是《完整地准确地理解毛泽东思想》、《关于科学和教育工作的几点意见》和《教育战线的拨乱反正问题》，三次讲话后来均收入《邓小平文选》第2卷。

涂光群曾回忆,《人民文学》闻风而动,想通过文学,"反映科学、教育战线的拨乱反正,以便多少尽一点文学推动生活的责任",于是就向刘心武约稿,后者就拿来了《班主任》[1]。但事实上,《班主任》是刘心武自己主动创作、主动投稿,并有 1977 年 9 月的投稿信为证:

春天我写的那篇《光荣》未能改好,主要还是因为我写的是工人而我却并不熟悉工人。这回寄上我上月写成的短篇小说《班主任》,写的是我所熟悉的生活和我所熟悉的人物。不知这个短篇您们读后作何感想。也许仍然不好。但,我写它时,自己是颇激动的。我希望这篇小说能使读者感奋起来[2]。

按照崔道怡的回忆,《光荣》的写作系崔道怡 1977 年春天向刘心武的约稿,因为写得不理想,崔退稿了[3]。

---

[1] 涂光群:《五十年文坛亲历记》上册,辽宁教育出版社 2005 年版,第 243 页。

[2] 崔道怡、白亮:《我和〈班主任〉——崔道怡访谈录》,《长城》2011 年第 7 期。

[3] 崔道怡、白亮:《我和〈班主任〉——崔道怡访谈录》,《长城》2011 年第 7 期。

这个细节至为关键。从写工厂和工人的《光荣》到写学校和知识分子的《班主任》，为什么会发生这个重大转变呢？照道理，《光荣》在当时应当是更加政治正确的题材。为了理解这一点，恐怕要回过头去审视涂光群的回忆。即使涂光群的回忆有误，但是邓小平的复出及三次重要讲话对实事求是、教育战线和知识分子的肯定，无疑是一个强烈的政治信号。事实上，《人民文学》编辑部的确很快行动，邀请了徐迟创作知识分子题材的报告文学《哥德巴赫猜想》[1]。对于身处北京人民出版社、作为专职文艺编辑而又政治敏感的刘心武来说，他也不可能不注意到这一政治动向。刘心武放弃当时看起来更为政治正确的工人题材而拾起曾经危险重重的知识分子题材，定然是他捕捉到了这一巨大的政治变动，才有足够的勇气赌一把[2]。毕

---

[1] 周明：《春天的序曲：〈哥德巴赫猜想〉发表前后》，《百年潮》2008年第10期。

[2] 从王蒙的回忆可以看到《班主任》的冒险性："一九七七年冬，我在《人民文学》上读到了刘心武的《班主任》，它对于'文革'造成的心灵创伤的描写使我激动也使我迷惘，我的心脏加快了跳动的节奏，我的眼眶湿润了：难道小说当真又可以这样写了？难道这样写小说已（转下页）

竟，彼时的意识形态语境依然并不明朗。

如果说《班主任》的创作有赖于刘心武积极地因应政治变动的话，那么《伤痕》的创作也同样如此。纯粹作为业余作者的卢新华，1978年时只是刚刚入学的大学新生，创作《伤痕》前只发表过一点诗歌，上大学后才刚刚开始学习作小说。距《伤痕》1978年8月发表在《文汇报》仅月余后，卢新华在创作谈和答复读者的信中坦白了创作动机。卢新华提到，在创作《伤痕》之前，他曾尝试创作过相似主题的小说：

我感到只有对"四人帮"恨得切齿，我们才会对华主席、党中央爱得深挚。有了这种想法以后，我就一直在考虑用什么样的形式来反映和表达出我的这种思想。所以，入学以后，我参加了我们同学自发组织的小说组的活动，学起作小说来。在以上思想的指导下，入学后，我试写过第一篇以暴露批判"四人帮"

（接上页）经不会触动文网，不会招致杀身之祸？难道知识分子因了社会的对于知识的无视也可以哭哭自己的块垒？天啊，你已经能够哭一鼻子?"《王蒙文集第42卷：大块文章（自传第2部）》，人民文学出版社2014年版，第11页。

为题材的小说，但由于受真人真事的影响和限制，有些放不开手写，而主题思想也挖掘得不深，最终还是把它搁下了①。

《伤痕》是卢新华抱着相似目的的第二次尝试，其目的依然是"通过活生生的生活画面更深刻地揭发和批判万恶的'四人帮'对我们社会犯下的滔天罪行"，并且强调"主题思想的形成并不是别人从外部强加给我的，而是我自己通过对现实生活的体验、观察总结得来的"②。从这一创作脉络出发，可以发现卢新华创作《伤痕》无疑是自觉地回应政治的产物。

在当时的氛围里，卢新华自我辩护性地将他的创作动机归之于"政治正确"。然而，"政治正确"并不意味着卢新华在说谎。作为一名大学生和文学爱好者，卢新华即使不如刘心武敏感，也依然明白文学与政治的辩证法。在彼时的具体语境中，他揭露"四人帮"造成的"伤痕"也的确是理所当然；因为，早在

---

① 卢新华：《谈谈我的习作〈伤痕〉》，《文汇报》1978年10月14日。
② 卢新华：《关于〈伤痕〉创作的一些情况——答读者问》，《语文学习》1978年第7期。

1976年10月25日,"两报一刊"就发表题为《伟大的历史性胜利》的社论,号召"彻底揭露王张江姚反党集团的滔天罪行,深入批判他们反革命的修正主义路线,肃清其流毒",全国范围的揭批"四人帮"运动从此开启①。到1978年,"揭批查"运动依然如火如荼,而"抓纲治国"的"纲"就是"紧紧抓住揭批'四人帮'这个纲"②,只是这一运动局限于政治的和社会的批判,而《伤痕》恰恰顺承着这一政治风向,进一步深入情感、心灵的层面来揭批"四人帮"。总之,《伤痕》的写作,如果脱离开对"抓纲治国"、揭批查"四人帮"运动的政治动向的把握,也是不可能的。

问题在于从什么意义上去理解刘心武创作《班主任》和卢新华创作《伤痕》的文学实践。已经有人指出,无论是《班主任》还是《伤痕》,它们作为新时期文学的开端性作品,其创造性中包含了很深的旧痕

---

① "两报一刊"社论:《伟大的历史性胜利》,《人民日报》1976年10月25日第2版。
② "两报一刊"社论:《学好文件抓住纲》,《人民日报》1977年2月7日第1版。

迹，这些旧痕迹——包括叙事程式、人物塑造乃至语言表达——都有因循 1940—1970 年代的文学传统的显著特点。事实上，更重要的是刘心武和卢新华作为文学实践者的主体性状态的旧痕迹。刘心武和卢新华都敏感于政治的变动，并自然而然地尝试将这种政治的变动直接地具象化为文学形式，在因应这种变动的过程中又自觉不自觉地注入能动性。这种文学实践的状态在 1940—1970 年代是习以为常的。

让我们挪用布尔迪厄的"习性"（habitus）来对 1940—1970 年代的作家的典型的主体性状态进行描述。对于布尔迪厄来说，"习性是一种社会化了的主体性"，"习性作为历史的产物，是性情的开放系统"[①]。也就是说，习性是一种内化了社会性且具有深刻的历史性的主体性，它铭写在个体的身心之中，化为个体的整个的性情。"习性"的概念对于理解此时期的作家的主体性状态，具有借鉴意义。凭借它，我们可以深入分析作家的主观性的身心感知及其表达，

---

① 布尔迪厄：《文化资本与社会炼金术——布尔迪厄访谈录》，包亚明译，上海人民出版社 1997 年版，第 173，180 页。

将作家个体的身心状态与其文学实践有效地关联起来，同时避免社会主义政治、文学体制与作家之间的关系的简单化理解，从而开启更复杂地理解两者之间的多重关系的可能。

可以说，从延安时期直到改革初期，党群互动条件下的文学体制与作家的频繁互动，培育出了作家的典型的文学习性。这种文学习性表现为作家对政治的高度敏感性，表现为自觉地将自身视为一种中介，一种将政治的变动及时、直接地具象化为文学形式的中介，一种使政治具体化并获得感性的实践方式的中介。然而，作家是能动地扮演文学与政治之间的转换中介的，他体验和察觉政治的变动并产生自身的回应，这种回应体现在人物塑造、故事情节乃至语言风格上，因而这种回应又是复杂的变形和探索的过程，有时无法避免地产生难以预知的政治后果，从而不知不觉地影响了政治的风向。就此而言，这种文学习性又包含着创造性。在这一意义上，文学作为一种技艺，是政治实践的技艺，文学主体也是政治主体，在实践政治的同时，也意味着创造政治，在因应政治的同时，也在推动政治的变动。正是通过这一过程，作家的文学习性不断地生成和再生成,并经由这种文学习性生成文学创作、形成清晰的文学风格,例如"对'主题''题材'的迷恋,对'思想立场'的敏感,对文学作品重大的'社会意义'的追求与固执坚守"[①]。

就这种文学习性所生成的历史条件而言,它高度依赖党群互动在文学生产之中的持续运作。可以说,文学习性的生成、表现、修复、巩固和再生成的过程,正是循环往复的党群互动在主体性层面的具体运作过程。从这一角度来说,这种文学习性具有深刻的历史性,一旦文学领域中的党群互动转变为科层化的治理关系,或者文学生产走向市场化,这种文学习性也就会逐渐消失。

关键的问题还在于,文学习性会因作家个人而有所不同。一方面的典型是丁玲。自延安整风后,丁玲逐渐领悟并习得了一整套革命话语,养成了革命作家的文学习性,此后便始终不渝地参与塑造、维系和巩固文学与政治的关系的直接性,始终不渝地追求将自我改造为文学与政治之间的中介。直到晚年,丁玲依

---

① 程光炜.《"伤痕文学"的历史局限性》,《文艺研究》2005年第1期。

然坚持认为"创作本身就是政治行动,作家是政治化了的人"①。另一方面的典型或许当以李准为例。多年对政治变动的高度敏感和在文学-政治关系之间的反复直接转换,使他具有某种程度的投机性。据王蒙回忆,李准也亲口告诉旁人:"'四人帮'倒的时候我还压在县里,我不知道发生了什么事,我口袋里装着两篇小说来到了北京探听情况,一篇是批'走资派'的,一篇是批极左的……你不管怎么变,你难不住咱们!"②

大部分的作家也许介于这两方面之间,其文学习性既不那么根深蒂固也不那么灵活多变,刘心武和卢新华正是这样的文学实践者。他们既自然而然地敏感于政治的变动并自觉地以文学的形式去能动地因应,却也深知,在政治与文学的统合关系中依然留有不小的空间。刘心武便回忆,1973年,出版社编辑"鼓励我写一些现在能发表的东西,不能完全照上面那样;

---

① 丁玲:《漫谈文艺与政治的关系》,《丁玲全集》第8卷,河北人民出版社2001年版,第122页。
②《王蒙文集第42卷:大块文章(自传第2部)》,第9页。

打个比方,好像高等数学微积分,给你一个区间求一个最大值。我就接受了这种意见"①。而顺承而来的《班主任》和《伤痕》的写作也的确是以文学因应政治、实践政治的产物,但与此同时,如何因应政治、实践政治,从什么样的路径去因应和实践,以至发现新的政治的可能,这仍然是创造性的,并且一旦所创作的文学作品引发广泛的反响,文学就反过来成为推动政治变动的一个因素。

《班主任》和《伤痕》的出现及其巨大反响正是这样一个推动改革政治兴起的能动的因素。然而,使得伤痕文学诞生也即新时期文学诞生的作家的主体性状态——这种对政治变动高度敏感、深谙文学-政治的直接转换关系并自觉主动地扮演这一转换关系的中介的文学习性,则依然是毛泽东时代的产物。如果说伤痕文学创造性地开启了新时期文学,那么这种创造性也根源于这种文学习性的生成性,如果说伤痕文学因循旧物,那么这种因循同样根源于这种文学习性的

---

① 《刘心武谈中国的新写实文学》(《七十年代》1979年第4期),朱家信等编:《刘心武研究专集》,贵州人民出版社1988年版,第19页。

历史性①。然而，正是在这种文学习性所内在的历史性与生成性的交叉地带，新时期文学得以诞生。

文学创作者的这种文学习性，是文学领域中的党群互动的历史产物，在改革初期，又反过来构成了"拨乱反正"的文学生产中的党群互动得以重新恢复和继续运作的前提，也是新时期文学得以兴起的主体性前提。如果不是存在着这样一种普遍的文学习性，我们就很难想象刘心武、卢新华这样的文学创作者会如此积极主动地介入文学场域和政治场域，能动地与文学体制、党的意识形态部门展开互动，我们也很难

---

① 正是由于共享了这样一种典型的文学习性，才会有研究者认为伤痕文学与"文革"小说、建国初期的小说都有类似性。例如张法说："从结构上看，这（指《班主任》）仍是一篇'文革'模式的小说。"参见张法《伤痕文学：兴起、演进、解构及其意义》，《江汉论坛》1998年第9期；路文彬说："'伤痕'小说之于历史叙事的'情节模式'，同建国初期小说'前途是光明的，道路是曲折的'传奇式历史'光明叙述'并无不同；在手法上多是现实主义的，而气质上却多为浪漫主义的。"参见路文彬《公共痛苦中的历史信赖——论"伤痕文学"时期的小说历史叙事》，《广东社会科学》2000年第5期；程光炜说："'伤痕文学'是直接从'十七年文学'中派生出来的。它的核心概念、思维方式甚至表现形式，与前者都有这样那样的内在联系。"参见程光炜《"伤痕文学"的历史局限性》，《文艺研究》2005年第1期。

想象，致力于开辟改革新政治的新时期文学何以能够迅速地调动起文学创作者的群众性参与，从而得以短时间内兴起且"空前繁荣"①。

二 包容性的情感政治与"伤痕"作为政治过程的产物

一个常见的比较是，伤痕文学与苏联的"解冻文学"具有类似性。例如洪子诚便提到，《班主任》和《伤痕》"提示了文学'解冻'的一些重要征象：对个体命运、情感创伤的关注，启蒙观念和知识分子'主体'地位的提出等"②。事实上，伤痕文学初起时，就有人写匿名信给"'有关部门'，指斥《班主任》等'伤痕文学'作品是'解冻文学'"③。然而，甚少被

---

① 中国社会科学院文学研究所当代文学研究室编：《新时期文学六年》，中国社会科学出版社 1985 年版，第 1 页。
② 洪子诚：《中国当代文学史》，北京大学出版社 2008 年版，第 200 页。
③ 刘心武：《我是刘心武：60 年生活历程之回忆》，第 162 页。

拿来比较的是,"解冻文学"在苏联经历了两个阶段,1953年至1957年是第一个阶段,而第二阶段则从1957年直到1966年左右才真正结束,前后经历了十余年[①]。但伤痕文学自1977年由《班主任》肇始以后,1979年就被《乔厂长上任记》所开启的改革文学所中和,此后改革文学与伤痕-反思文学处在交织并进的关系之中,1981年《关于建国以来党的若干历史问题的决议》颁布后,伤痕文学实际上已经让位于改革文学。相比于"解冻文学"在苏联的历史,伤痕文学显得尤为短暂。两者命运为何不同?其中的原因有很多,我们或许可以从"伤痕"情感获得发抒、共情和升华的过程来初步把握。

《班主任》《伤痕》的编发和反响都伴随着眼泪,强烈的情感性构成了伤痕文学最为显著的特征。然而,仔细追索这一过程,可以发现这种"伤痕"情感既是自发生成的,也是一个政治过程的产物。

1977年9月,崔道怡收到刘心武来稿,"马上就

---

① 谭德伶等:《解冻文学和回归文学》,北京师范大学出版社2001年版,第45~47页。

看《班主任》,当即被它感动了","竟不禁眼热鼻酸。好久好久没有看到这样的小说了",便不顾违反正常编辑程序,立即回信,给予肯定。但没有料到,提交终审时,副主编却不敢拍板,理由应是怕"写太尖锐了,属于暴露文学"①。于是小说提交给时任主编的张光年。不久,张光年召集编辑部讨论这篇小说。张光年毫无疑问是从政治的角度看待这篇小说的:"题材抓得好,不仅是教育问题,而且是社会问题,抓到了有普遍意义的东西。如果处理得更尖锐,会引起人们的注意,以文学促进关于教育问题的讨论",并指示可以涉及路线问题,将批判"四人帮"的政治目标更清晰地嵌入小说。为了实现这些目标,张光年对小说的修改意见甚至具体到了人物行为动机的细化和叙事手法的选择问题②。张光年的指示至关重要,正是有他的支持,编辑部才敢把刘心武请来一同修改小说,并于1977年第11期头条位置刊发。

---

① 崔道怡:《报春花开第一枝》,《当代文学研究资料与信息》1999年第4期。
② 崔道怡:《报春花开第一枝》,《当代文学研究资料与信息》1999年第4期。

张光年作为党的文艺部门的领导，对于使文学承担和行使政治功能，负有直接使命。张光年正是基于自身对"文革"的认识，对改革形势的判断，对于"新时期"需要什么样的意识形态的理解，鼎力推出了《班主任》。张光年事实上与刘心武一致，他明确地把握到，"四人帮"的垮台和邓小平复出抓科技、教育战线，是当前最大的政治变动，因此，张光年才敏锐地从《班主任》中看到了小说对于教育战线"拨乱反正"和批判"四人帮"这两个政治任务的表达。这就好比是政治密码在文学形式中的编码和解码。刘心武有意识地通过对旧有题材等级的颠倒（从重大题材的工业题材转向教育）和形象谱系的变更（从工人到知识分子），从而将新的政治变动符码化，但这种符码化依然是基于原有的符码系统而展开的，正如刘心武后来回忆所说："开始的作品如《班主任》思想虽锐利，使用的符码系统却是旧的公用的政治性很强的符码系统。"[①] 而题材等级和形象谱系这一整套文学

---

① 刘心武：《穿越八十年代》，《斜坡文谈》，江苏人民出版社 2012 年版，第 43 页。

成规，本来就是张光年这样的文艺领导所设定和维护的，因此他也能迅速把握到这种颠倒和变更背后的政治指向，从而毫无障碍地将深嵌其中的政治性读解出来，甚至能够从文艺领导的角度，反过来要求作者刘心武将这种政治性更加深入和明晰地符码化/文学化。这个循环推进的过程，是作家和文艺领导的互动，是作家和党的文学部门的互动，是文学和政治始终处在一个总体性构造中的内在互动。正是通过这种互动，"伤痕"得以初步成形。

如果说《班主任》照亮了教育领域和少年一代的"伤痕"，使"伤痕"成形/成文，那么《伤痕》则照亮了家庭领域和青年一代的"伤痕"，使"伤痕"成形/成文。事实上，《伤痕》的故事并不是卢新华自己的经历，然而，正是这篇虚构的小说，既感动了自己，也感动了读者。据卢新华回忆，动笔之前，他受鲁迅的启蒙思想影响，《祝福》中"封建礼教吃祥林嫂"刺激卢新华想到"四人帮"造成的"最深重的破坏，其实主要是给每个人的精神和心灵都留下了难以抚慰的伤痕"[①]。这

[①] 卢新华：《〈伤痕〉得以问世的几个特别的因缘》，《天涯》2008年第3期。

的确是一个重要的契机,所谓启蒙是"心的启蒙"这一观念,引领卢新华穿越革命话语和政治运动对人的阶级身份的偏重,直接深入主体性的内在层面,从而发现了"伤痕"。当卢新华"流着泪写完"并刊登到学校墙报上后,迅速引发反响:

> 寝室门外一片嘈杂的人声,打开门走出去,但见门外的走廊上围满了人,正争相阅读着新贴出的墙报头条位置的一篇文章,大多是女生,不少人还在流泪。我忙探过头去,终于认出那稿纸上我的笔迹……自此以后直到《伤痕》正式发表,这墙报前,便一直攒动着翘首阅读的人头,先是中文系的学生,继而扩展到新闻系、外文系以至全校,而众人面对着一篇墙报稿伤心流泪的场景,也成了复旦校园的一大奇观。难怪后来有人夸张地说:当年读《伤痕》全中国人所流的泪可以成为一条河。[1]

---

[1] 卢新华:《〈伤痕〉得以问世的几个特别的因缘》,《天涯》2008年第3期。

小说沿着社会网络爆发式地迅速传播开来，并很快受到《文汇报》记者钟锡知的关注。钟锡知读后立即感到被"触动灵魂"，使他"蓦然醒悟"，但作为编辑，他所感到的更多是政治上的醒悟："小说《伤痕》分明地触动了路线是非、理论是非和思想是非上的这些'禁区'。它好像一下闪电，照亮了沉沉夜雾包围下某些事物的本来面目。"[①] 对于卢新华自己和钟锡知来说，《伤痕》都具有一种情感启蒙的力量，这种情感启蒙的力量指的是小说叙事呼应、照亮和整理了读者心中的情感，明确了情感的性质和起源（"文革"），命名了这种情感（"伤痕"），并为他们的情感发抒指明了方向并提供了出口。正是这种强烈的具有启蒙色彩的情感性，构成了小说的核心特征。也正是这种情感性，真正促发了读者的情感共鸣，激发了他们的自觉性，从而引发了爆炸式的传播。

但是《伤痕》在《文汇报》编辑部并没有如愿获得很多支持。与此同时，卢新华将小说投递给《人民

---

① 钟锡知，《小说〈伤痕〉发表前后》，《新闻记者》1991年第8期。

文学》,甚至附上了同学们做证的小说引起校园轰动的说明,《人民文学》也没有采用①。此时差不多是1978年五六月间,离《班主任》的发表已经大半年了。何以《人民文学》如此重视并推出《班主任》,却没有慧眼相中《伤痕》呢?从后见之明来看,同为伤痕文学代表作,《人民文学》本应该一视同仁。显然,这里涉及《班主任》与《伤痕》的差异。有研究指出,《班主任》依然是"文革"时期常见的叙事模式,它依然"有一个光明的主调",然而,卢新华的《伤痕》却"将光明主调转变为忧伤主调"②。《班主任》依然延续"文革"叙事模式——以代表正确路线的英雄为主体,团结人民群众与反面势力斗争,最终取得胜利——这种典型的叙事模式本身就是一种情感表达模式,在其中消极的情感只是作为叙事过程的一个过渡,叙事的力量最终需要穿越它,使其升华为积极的情感。然而,《伤痕》以伤痕情感的更加无约束

---

① 卢新华:《〈伤痕〉得以问世的几个特别的因缘》,《天涯》2008年第3期。
② 张法:《伤痕文学:兴起、演进、解构及其意义》,《江汉论坛》1998年第9期。

的宣泄为特征,从而冲破了此前的叙事模式所构筑的情感堤坝,就有可能产生截然不同的情感-政治后果。《人民文学》对此显然并没有准备。

由此可以发现,彼时无论是《人民文学》还是《文汇报》,对于如何表述"文革",如何理解、分析和命名"文革"所产生的诸般历史和情感后果,仍然处在试探、摸索和犹疑之中,这与1981年出台《关于建国以来党的若干历史问题的决议》对"文革"彻底否定之前的意识形态氛围相呼应。也就是说,后来我们所熟知的所谓"伤痕",在彼时是否可以、能够或应该被命名为"伤痕",也同样是一个问题。"伤痕文学"之前,是没有"伤痕"情感及其话语的。"伤痕"情感及其话语是文学-政治过程的产物。

但钟锡知没有放弃,在帮助卢新华对小说做出一些增加政治保险的修辞调整之后,他找到机会把小说递给了上海市文联和市委宣传部文艺处的负责人,得到了他们的肯定和支持。于是,钟锡知就把小说重新递给了《文汇报》总编辑马达。马达考虑到发表小说符合中央统一部署的揭批"四人帮"运动的方向,遂决定签发。即使如此,小说发表前,马达还是将小说的大样送呈上海市委宣传部副部长洪泽批示,并附信说明《伤痕》"对彻底否定'文革'很重要",且是"文艺界的一个新动态"①。按照卢新华的说法,洪泽之所以给予支持,除政治考虑外,还与其女"一口气读完,结果大哭"并强烈肯定小说有关②。很快,《伤痕》在1978年8月11日的《文汇报》上以一个整版的篇幅发表了。

纵观整个《伤痕》的发表过程,哭泣与眼泪伴随始终,在小说写作和发表的几个关键环节,经手之人无不产生强烈的情感共鸣。正是小说所具有的强烈的情感性及其所包含的启蒙功能和政治能量,使小说赢得了群众和干部的支持,从而使小说被上海的宣传部门所接纳,最终获得发表。

但同样重要的是,从"伤痕"的形成过程可以看到,"伤痕"之成为"伤痕",是一系列文本技术和政治操作的结果。《班主任》和《伤痕》的"伤痕"首

---

① 马达:《马达自述——办报生涯60年》,文汇出版社2004年版,第67页。
② 卢新华:《〈伤痕〉得以问世的几个特别的因缘》,《天涯》2008年第3期。

先是刘心武和卢新华主动而自发地创作和激发的产物，小说叙事首先成功地捕获、描述和命名了同时代人经历"文革"后的情感状态。当这种捕获、描述和命名经由党的意识形态部门验收从而获得普遍性和合法性，党的意识形态部门就获得了一个契机，其对政治目标的追求（批判"四人帮"、开启"新时期"）便获得了一个感性的实践方案；党的意识形态部门能够经由这些文本，去激发、测度、动员乃至引导群众的情感状态，使群众情感性地动员起来，认同、支持和参与党所设定的政治目标。至于这些文本能够产生多大的效用，则是一个实践问题，需要实践的检验。但无论如何，"伤痕"的成形，一方面是群众主动的创造和推动的结果（《班主任》《伤痕》的文本创作与群众性认同），另一方面，它也是党的意识形态部门与作家互动的结果（《班主任》《伤痕》的修改和发表过程）。

通过情感性及其群众性共鸣来进行群众动员，这是一种情感政治。而这种情感政治的实践，与中国社会主义革命的实践一脉相承。事实上，情感政治一直是中国革命的基本策略之一，正是依靠着对广大人民群众的情感的激发、调动、再造和转化,情感才成为人民群众革命行动的动力之一[①]。左翼文学与新中国成立后的社会主义文艺更是直接地介入这一情感政治的建制。这一建制捕捉集体性的情感并政治性地提炼它,通过文本特别是通过调动感官和群众直接在场的文艺活动(例如戏剧演出),以戏剧化的形式再传播给人民群众,从而激发出更深刻的情感反应,促生政治倾向乃至政治行动。就此而言,"伤痕文学"的发生仍然因袭于此,伤痕文学与改革政治的关系也同样需要从情感政治的角度来理解。

也正由于此,伤痕文学不可能成为"解冻文学"。因为伤痕文学的情感政治,是党群互动条件下的情感政治。"伤痕"情感之所以爆发出强大的政治能量,既与作家个体的自觉创作有关,但也同样与党的意识形态部门的自觉介入和提炼有关。正是因为存在一种党群互动的政治关系,"伤痕"情感才能被纳入政治之中,成为推动改革政治的有机因素而不是疏离性的存在。这个过程可以简要表述如下。首先,作家的个

---

① 裴宜理:《重访中国革命:以情感的模式》,《中国学术》2001年第4期。

体性创作及其情感策略所具有的政治潜能,从一开始就被党的意识形态部门所定位和包容,成为激活或更新政党对政治的理解的能动因素;进一步,党的意识形态部门反过来主动地介入到文本的修改和发表过程中,使它能够在契合政治议程的前提下最大程度地激发出集体性的情感反应①。这个过程包含着对作家个体的情感策略和集体性情感共鸣的积极接纳,但这种积极接纳同时包含着再加工(因而不可避免地伴随着挪用和压抑)。于是,那些能够有效地纳入党的意识形态部门的情感政治方案的文本(例如《班主任》和《伤痕》)便被经典化并进入大众传播,而那些最终证明溢出这一情感政治方案的文本(例如白桦的《苦恋》和刘克的《飞天》)则被批判和分离。通过这种分类的政治,党的意识形态部门保证了伤痕文学的"哀而不伤",并将其有效地纳入新的政治议程之中,

---

① 由于不满于伤痕文学一开始就是党群互动的政治构造下的产物,有研究者反过来认为伤痕文学的批判不彻底,参见周绍华《伤痕文学:戴着镣铐跳舞》,《齐鲁学刊》1988 年第 6 期;朱寿桐《深切痛创的虚假愈合:"伤痕文学"重评》,《时代文学》1996 年第 6 期。

既使集体性的伤痕情感冲击旧的政党政治，拓展政党政治的边界和方向，又不使伤痕情感成为一个新的政治危机的引爆点。最终，伤痕文学的情感动能伴随着新的政治议程的推进而功成身退，当"团结一致向前看"成为主调，"向后看"的伤痕文学最终会自然地淡去。

然而，"解冻文学"却面临不同的命运。赫鲁晓夫的鲁莽失策，苏共文学部门自身的分裂（以苏联作家协会机关刊物《新世界》和俄罗斯作家协会机关刊物《十月》之间的对立为典型），以及最为重要的是苏联不再存在党群互动的良性政治关系，这一切使得"解冻文学"所释放的"解冻感"[①] 不断地发酵，最终在 1960 年代初期酝酿成尖锐的批判性和颠覆性的力量，导致"解冻文学"的戛然而止。如果说伤痕文学的情感政治是包容性的，那么"解冻文学"的情感政

[①] "解冻感"是爱伦堡的用语："我坐下来写《解冻》——我想表现巨大的历史事件对一个小城市里的人们的生活发生了什么影响，想表达我的解冻感、我的希望。"伊利亚·爱伦堡：《人·岁月·生活：爱伦堡回忆录》（下），海南出版社 2008 年版，第 613 页。

治则是疏离性的。伤痕文学成为改革政治兴起和自我确立的有机因素，而"解冻文学"却成为苏联自我反对的危机因素，这种不同命运，既根源于情感政治的不同实践方式，更根源于不同的政治构造。伤痕文学与"解冻文学"的差异隐约地构成了理解中国改革和苏联解体的不同命运的一个线索。

三 作为制度的"读者"与作为群众的"读者"

发表《班主任》和《伤痕》，是作者、权威刊物和党的意识形态部门一起发明了"伤痕"。但伤痕文学之能成为一股潮流并参与塑造改革初期人们的情感结构，最终成为改革意识形态的一部分，这当然还需要更多实践。正如已经多有研究的，读者来信，《人民文学》《文汇报》和《文艺报》等权威刊物的持续介入，评论家的发声，文学权力中心的领导，这四个方面交织在两个文本传播、批判和获奖的每一个环节。但从党群互动的角度来说，读者来信首先值得考虑。

1978年12月,《班主任》发表后刚一年,刘心武回顾说:

> 他们发出去的时候,并没有意识到这会有很大的影响,结果一出去之后,反响之强烈使他们吃一惊,我也吃了一惊……刚刚开始发行的第二天就马上有读者来信——他是寄到《人民文学》然后转给我的。然后沿着铁路线下去,来信非常准确,《人民文学》到了无锡,无锡就有人来信,到了常州、苏州、上海……就有来信。……现在就我过目和我自己手里还有的算,大概有五千封左右。①

崔道怡也回忆说:

> 《班主任》出世即取得了空前绝后的巨大反响。我说"空前",是因为在我四十多年编辑生涯之中,经手所发小说引起如此轰动效应者,前

---

① 《刘心武谈中国的新写实文学》,朱家信等编:《刘心武研究专集》,第32页。

所未有。刊物一经发行，不断收到来信，读者对这篇小说表示热烈欢迎和由衷赞赏。……我说"绝后"，是因为我估计此后恐怕不会再有这样的情景了。①

《伤痕》发表后，卢新华也回忆说：

发表的第二天，我们班的信箱里就塞满了各界寄给我的读者来信。据不完全统计，《伤痕》发表后，报社和我共收到近三千封读者来信。这些信中的绝大多数都是因为小说和小说主人公的命运引起他们强烈的共鸣，故写信对作品和作者表示支持的。②

群众反应之热烈，被称为"空前绝后"。正是这种"空前"热烈的群众呼应，成为伤痕文学兴起并确

---

① 崔道怡：《报春花开第一枝》，《当代文学研究资料与信息》1999年第4期。
② 卢新华：《直面"伤痕"的心灵直白》，《上海党史与党建》2008年第3期。

立合法性的最重要条件。推而言之，由于伤痕文学是新时期文学的第一个潮流，因此可以说，正是群众的热烈呼应，助推了新时期文学的迅速兴起。难以想象，在改革初期，如果没有这种广大的群众响应，新的文学图景的开辟是否可能。因此，必须在最根本的意义上看待伤痕文学所根植的群众性。这种群众性既是伤痕文学兴起并确立合法性的基础条件，也是新时期文学兴起并确立合法性的基础条件。

小说发表后，《人民文学》《文汇报》都组织了一批读者来信，对两篇小说表达赞同和支持。《人民文学》1978年第2期刊登了5篇热烈响应《班主任》的读者来信，特别加上编者按，其中谈到，《班主任》发表后，"陆续收到读者的来稿、来信，赞扬这篇作品写得好，提出并回答了社会上普遍关心的问题，反映了当前教育战线抓纲治国的新思想、新面貌，塑造了人民教师张俊石的形象，把长期被'四人帮'歪曲了的知识分子形象重新纠正了过来。这里选发几篇，供读者参考"[①]。1978年8月22日《文汇报》在"文

[①]《欢迎〈班主任〉这样的好作品》，《人民文学》1978年第2期。

学评论"专刊上一次刊出 10 篇读者评论,并特别标明评论者的工农兵身份,以示工农兵群众对《伤痕》的赞同;8月29日再次用了半个版面推出两篇关于《伤痕》的读者评论,9月19日第三次用一个专版推出几篇评论,并特别加上编者按:"小说《伤痕》发表后,本报编辑部和作者收到了来信来稿一千余件,绝大多数同志肯定了这篇小说,也有些同志提出了不同意见,现选择几篇发表,希望能引起进一步讨论。"①

可以看到,伤痕文学迅速兴起、扩散并获得持续加强的合法性,与作者、刊物和党的文学部门熟练地利用读者来信有密切关系。大量而密集的读者来信,确证了《班主任》和《伤痕》根植于群众的需要,赋予这两部作品充足的代表性和合法性,从而为伤痕文学被纳入文学生产的主流并获得示范性效应提供了关键支撑。因此,理解《班主任》《伤痕》的出世和伤痕文学的兴起,必须对读者来信制度展开分析。

读者来信制度的普遍建立始于新中国初期。如研

---

① 《编者按》,《文汇报》1978年9月19日。

究者所梳理的，1950年代初，读者来信被《人民日报》视为"人民报纸""与人民群众有着广泛的亲密的联系"的必要表现，毛泽东也将之视为"共产党和人民政府加强和人民联系的一种方法"[1]。基于此，全国各地刊物都相继设置读者来信栏目，虽历经波折但大体上得到了保留和加强[2]。此外，读者来信制度的进一步推进，还发展出了更为实质性的文艺通讯员制度。刊物往往通过读者来信发现热心积极的读者，把他们发展为刊物的文艺通讯员，建构起刊物与读者之间更为制度化的密切联系[3]。正是通过这种读者来信制度和文艺通讯员制度，读者群众直接地介入到文学生产和文学运动之中，成为文学场域的实质性力量，这种传统延续到改革初期。

---

[1] 社论:《加强报纸与人民群众的联系》,《人民日报》1950年4月23日第1版；毛泽东:《必须重视人民群众来信》,《毛泽东文集》第6卷，人民出版社1999年版，第164页。

[2] 参见张均《中国当代文学制度研究（1949—1976）》，北京大学出版社2011年版，第103~117页；斯炎伟《"有意味的形式":"十七年"文艺报刊中的"读者来信"》,《中国现代文学研究丛刊》2011年第4期。

[3] 王秀涛:《文艺与群众:"十七年"文艺通讯员运动研究——以〈文艺报〉和〈长江文艺〉为中心》,《文艺研究》2011年第8期。

现有研究的着重点大都意在指出读者来信制度的缺陷。这种缺陷的要害被表述为读者的"虚构性":从新中国初期到改革初期,读者的身份和权威经常"被盗用"甚至蜕变为"被建构的权威",读者来信也成为丧失了真实内容并可被随意挪用和填充的"有意味的形式"①。诚然,此类研究都有扎实的史料支撑,然而,由于现有研究大都聚焦于读者来信制度的缺陷,那些突出读者群众的生产性作用的史料反而甚少被处理。例如,梁斌曾提及,"《红旗谱》自从出版之后,受到工农兵群众热烈欢迎。在那几年里,差不多每天接到读者来信,其中有的读者提出一些意见。我根据读者意见做了两次修改,到一九六六年,共有三个版本,三个版本各有不同"②。在 1950 年代,《人民

---

① 参见张均《中国当代文学制度研究(1949—1976)》,第 103~117 页;斯炎伟《"有意味的形式":"十七年"文艺报刊中的"读者来信"》,《中国现代文学研究丛刊》2011 年第 4 期;马炜《被建构的"权威":全国优秀短篇小说评选中的"读者来信"考察》,《当代作家评论》2017 年第 2 期。

② 梁斌:《〈红旗谱〉四版后记》,刘云涛等编:《梁斌研究专集》,海峡文艺出版社 1986 年版,第 72 页。

文学》也根据读者来信的建议及时增加了与少儿相关的诗歌、小说和工人题材的作品[①]。更为重要的是，现有研究过于偏重读者来信制度的缺陷与危机，无形中模糊乃至解构了读者来信制度内在的政治性。或许首先需要历史地理解读者来信制度的政治性，才能沿此生发出有效的内在批判。

可以看到，读者来信制度包含着三种力量的互动：读者、期刊及其编辑、党的意识形态领导部门。读者向期刊投递信件，期刊编辑主动或被动地根据党的意识形态领导部门的规范、指令和要求，对读者来信进行筛选并刊登。然而，这个过程本身即表明，"读者来信"的权威是读者、文学体制和党的意识形态领导部门共同塑造的产物，是一个政治过程的产物。更进一步说，读者来信制度是整个文学体制的一种典型制度，读者群众、文学体制、党的意识形态领导部门三者处在一种总体性结构之中，在其中，党的意识形态领导部门能够经由这种结构直接与读者群众

[①] 樊保玲：《"强大"的读者和"犹疑"的编者——以1949—1966〈人民文学〉"读者来信"和"编者的话"为中心》，《扬子江评论》2011年第2期。

发生关联,从而在必要的时候直接地引导和动员群众。而读者群众也在这一过程中逐渐地培育出特定的文学习性——将文学直接读解为政治和现实,文学是在表现"我们的"生活而不只是"他们"知识分子自身,这种文学习性使读者群众深深地感到他们与作者、刊物之间的连带关系,并由此感到他们与党的文学部门的连带关系①。总之,在文学体制中,群众与政党也是时刻处在紧密的关系之中,读者来信制度始终是群众参与的文学制度之一,是社会主义文化政治的实践,对这一制度的批判性分析不应否认它所蕴含的群众性。

更重要的是,在分析读者来信时,必须区分两种"读者来信"。一种是经由文学期刊、党的意识形态领导部门所编辑和审查过的公开发表的读者来信,一种是群众自发的来信。前者所建构的读者形象可以称之

---

① 这种文学习性的否定性内涵通常被理解为:"这个时期的文学环境,也塑造了'读者'的感受方式和反应方式,同时,培养了一些善于捕捉风向、呼应权威批评的'读者'。他们在文学界每一次的重大事件、争论中,总能适时地写信、写文章,来支持主流意见,而构成文学界规范力量的组成部分,"洪子诚:《中国当代文学史》,第25页。

为"作为制度的'读者'",后者则可以称之为"作为群众的'读者'"。作为制度的"读者"是读者群众、文学体制与党的意识形态领导部门共同建构的形象,是一个政治过程的产物,作为群众的"读者"则往往是读者群众自发展现的形象。

这两种读者常常有所重叠,但作为制度的"读者"具有特别的政治内涵。首先,作为制度的"读者"仍然以读者群众的名义出现,因此,作为制度的"读者"代表了作为群众的"读者",汲取了作为群众的"读者"的权威,并将后者作为合法性的根据;其次,由于文学体制和党的意识形态领导部门的介入,作为制度的"读者"又是政治的产物,因而它又传递乃至代表党的意识形态与政治意志。简言之,作为制度的"读者"具有双重代表性。读者来信制度作为一种党群互动的微观政治机制,生产出了作为制度的"读者"及其代表性。

中国当代文学体制的读者来信制度的要害,并不在于它受到了政治的介入而造成缺陷,而在于作为制度的"读者"与作为群众的"读者"的代表性关系。由于期刊不可能刊登所有读者来信,也不是所有读者来信都合乎刊登标准,因而势必有所选择、编辑和修改,这一过程在中国当代文学体制中的特殊性在于它同时是一个直接的政治过程:这不仅是指期刊编辑根据党的意识形态领导部门的指令、规范和要求进行选择、编辑和修改,而且是指这是一个塑造代表性的政治过程,一个塑造出代表大多数读者群众的取向和内在诉求的政治过程,其结果便是公开呈现在刊物中的作为制度的"读者"。一种能够最大程度地允许群众参与的读者来信制度,应当使作为制度的"读者"能够最大程度地与作为群众的"读者"同一,或者说,能够最大程度地代表作为群众的"读者"。否则,便会出现代表性危机。读者来信制度的诸多缺陷源于这种代表性危机,其根源则是党群互动的危机,正是这一危机使得凝结了政党意识形态与政治意志的(作为制度的)"读者"不再能够充分地代表作为群众的"读者"。

在改革初期,这种代表性危机得以修复,这是"伤痕文学"兴起的关键条件。《人民文学》《文汇报》和党的意识形态部门合力所生产出的作为制度的"读者",基本上能够实质性地代表作为群众的"读者",

基本上能够代表那投给刘心武和卢新华的读者来信中的大多数。刘心武就曾大致估计了读者来信的态度：

> 拿《班主任》来说，一开始都是正面意见，而且很激动，各阶层的人都有……《人民文学》在收到第三百封信时统计了一下，反对意见是三百比三：三百封赞扬，三封反对。现在比例就不好算了，包括我后来写的几篇作品，在我看到过的四五千封信里面，一般提建设性意见的不算，全盘否定的大概有十几封，是基本上比较激烈的、明显的反对。①

诸多回忆都表明这两个文本确实博得了广大读者群众的热烈响应。而在文学体制和党的意识形态部门内部，尽管关于伤痕文学是"暴露文学"的争议不断，但最终在胡耀邦、周扬、张光年、陈荒煤等党和文艺界领导人的支持下，伤痕文学获得党的意识形态

---

① 《刘心武谈中国的新写实文学》，朱家信等编：《刘心武研究专集》，第32～33、35页。

领导部门的认可,《人民文学》也在 1978 年 9 月编印两册《作品选读》,将《班主任》《伤痕》都作为代表性文本选入[①]。可见,期刊与党的文艺领导都充分尊重读者来信的整体态度,从而再次建构出了两种"读者"之间的代表性关系。

改革初期的确可以说是作为制度的"读者"的代表性危机得以修复的时期。1978 年 9 月,直接受胡耀邦领导的《理论动态》(中央党校理论研究室编)发表《人民群众是文艺作品最权威的评定者》,呼吁文艺要依靠广大人民群众:"我们讲文艺的繁荣和发展,离开最广泛、最充分的社会主义民主,离开亿万人民群众的积极参加,能够谈得上吗?"[②] 更为实质性的是,1978 年年底,首创性的全国优秀短篇小说评奖也决定"采取专家与群众相结合的方法","由本刊编委会邀请作家、评论家组成评选委员会在群众性推荐的

[①] 刘锡诚:《在文坛边缘上》上册,河南大学出版社 2016 年版,第 104~108、289~291、111 页。

[②] 沈宝祥编著:《〈理论动态〉精华本》,中国三峡出版社 2009 年版,第 96 页。

基础上，进行评选工作"①。直到1983年，这一评选活动都采用专家与群众相结合的方法，并且的确充分尊重投票意见，这使得群众推荐意见表一度有"选票"的效用②。可以说，在改革初期，作为群众的"读者"重新发挥能动的作用并与作为制度的"读者"建构了良性的代表性关系。正是在这样的氛围中，《班主任》《伤痕》才迅速获得合法性并得以经典化。

在改革初期，周扬、张光年、陈荒煤、冯牧等人重新成为文艺界的最高领导集体，他们所重建的文学体制致力于修复或重新建立与作家（作者）、读者群众的联系，给予读者群众、作家（作者）更多的民主参与的权利，文学期刊则充分注重作为制度的"读者"的代表性。换言之，整个文学体制的群众性重新获得接纳和表达。正是文学体制中的党群互动关系的修复推动了伤痕文学的兴起。而这也是新时期文学兴

---

① 《举办1978年全国优秀短篇小说评选启事》，《人民文学》1978年第10期。

② 《人民文学》记者：《报春花开时节：记1978年全国优秀短篇小说评选活动》，《一九七八年全国优秀短篇小说评选获奖作品集》，人民文学出版社1980年版，第641页。

起的基本条件。

结语

在"文革"结束之际,改革面临的艰巨任务是必须创造新的党群互动的框架,重新将群众纳入与政党的互动关系之中,才可能重新将群众政治的能量转化为政党政治的能量,简言之,才能重建社会主义政治的群众性。改革初期的新政治,既在于重新激活旧有的因素(如独特的"文学习性"),使得政党与群众重新密切互动,更在于创造新的互动方式,使得曾经不被接纳的能量(如"伤痕"情感)和群体(如知识分子),也得以作为群众政治的有机部分被纳入。知识分子群体、"文艺黑线"如何重新被纳入新的政治之中,人民群众的"伤痕"如何被转化为新的政治能量,这正是"新时期"新政治的任务。伤痕文学的生成,既是这种新政治生成的动力因素,也是这种新政治的产物。

1980年代中期以后特别是1990年代以降,文学生产的市场化转型改变了文学体制的运作逻辑，改变了文学领域与政治的关系，也改变了文学生产者个体与政治-文学的统合结构互动的方式，自此，敏于政治风向的文学习性逐渐消失，敏于市场波动的文学习性逐渐生成。我们或许已经需要站在新的政治地基上来理解当代文学的现实与未来。

(本文原刊于《中国现代文学研究丛刊》2022年第12期)

邓小燕

个人简介

邓小燕,1989年生,重庆万州人,中国人民大学文学博士,现为武汉大学文学院讲师。

授奖词

邓小燕的《梁鸿论——知识分子返乡书写症候分析》以梁鸿的创作为切入口，整体性地讨论中国文学中知识分子返乡书写一脉的一般症候：难以归拢的细碎庞杂的乡土生活，丰富的乡村类型及其变动趋向，斑驳复杂的主体情感结构。是一篇兼具现实关切和历史意识的作家论，彰显了当代文学批评的在场性和学术性的有机统一。

梁鸿论——知识分子返乡书写症候分析

引子

随着 2021 年《梁庄十年》的出版,梁鸿形成了完整的"梁庄三部曲"。自 2008 年返乡开始,围绕"中国在梁庄"这一主题,梁鸿记录了梁庄各类人物的命运,将梁庄、吴镇乃至于穰县土地上的村人统统收录进来,呈现了现代化冲击下乡村政治、经济、教育、伦理道德、生态环境、情感尊严的全面危机,为读者呈现出一幅"乡土中国"的艰难图景。纵观梁鸿的写作,《中国在梁庄》与《出梁庄记》都是"非虚构"之作,但前者显然更具社会学调查的野心,后者则显示出向文学的回退,《梁光正的光》是真实与虚构相结合的长篇小说,《神圣家族》为短篇小说集,《四象》是具有先锋色彩的长篇小说,《梁庄十年》则以一种更温和的方式,显示了对"非虚构"的回归。梁鸿的梁庄书写形成了乡土文学史上一道少见的景观,似乎还不曾有过第二个作者围绕一个对象有过如此多样的文体探索。但通观梁鸿的梁庄书写,作为核心形象的"梁庄"却是模糊的:梁庄似乎没有肉身,梁鸿对村庄结构、人际网络和个人情感保有高度的热情,她似乎更看重一种整体性的结构,以及这种结构在遭遇现代都市文化时的形变,对作为村庄肉身的种种,诸如农作物、牲畜、动植物、时令节日乃至于神鬼精怪,以及梁庄人与土地打交道的细节却兴趣淡漠。梁庄的形象虽然经常以具体的人物故事呈现,但通常是为了指向似乎具有更高真实性的原则——宗族结构、伦理关系、性别权力、乡土意识、婚恋情感、乡村政治、文化教育,等等,以至于它更像是社会学、人类学观念下,一个标记为 X 村的田野点,而非一个文学的乡村,梁鸿努力要呈现的是超越梁庄自身的那个形象,也即作为本质存在的"乡土中国"。因此,读者似乎很难对"梁庄"发生温情,甚至于梁鸿本人也一再坦承自己无法进入"梁庄",她说自己如患强迫症一样,在脑海里不断重复"我终将离梁庄而去"[①],甚

---

① 梁鸿:《艰难的"重返"》,中信出版社 2020 年版,第 245 页。这句话梁鸿在书中曾多次重复。

至不无置气地说:"一提到'故乡'这个词,我就呕吐。"① 与多数乡土文学作家不同的是,梁鸿的乡土书写有着强烈的理论意识,这既为其进入乡村提供了入口,也造成乡村被抽象化,在理论视野之外的梁庄身体无法被看见,一幅末日乡村的衰落图景与多样化的乡村现实之间产生了相当的距离,并造成对乡村文化与生态价值空间的封闭,实际上无助于形成一种与现代化、都市化倾向相互制衡的文化机制,梁鸿的返乡困境显示了知识分子乡土书写的某种普遍症候,本文尝试对此展开分析。

一 返乡:作为都市生活的反动

2008年暑假中的一日,梁鸿同她三岁的儿子乘火

---

① 梁鸿:《神圣家族》别册,中信出版社2020年版,第6页。在文中,梁鸿谈到:"'故乡'在我们的词典里,已经变成呕吐物了。当一个人病了、老了、残了,然后他回到故乡了,就是当他被城市的运作呕吐出去,他只有回到'故乡',所以'故乡'变成了城市的呕吐物。"

车从北京前往"穰县",又经"吴镇"回到"梁庄",大约此时她也无法想象,这会是其文学与学术生涯的重大转折,并成为《人民文学》"非虚构"写作计划的"道成肉身"。与后来的读者很自然地将梁鸿的这一行为视作"非虚构"的开端,或是有意识的返乡书写不同的是,这个开端所显示的当前知识分子的某种普遍的不满更值得关注:

在很大一段时间内,我对自己的工作充满了怀疑,我怀疑这种虚构的生活,与现实、与大地、与心灵没有任何关系。我甚至充满了羞耻之心,每天在讲台上高谈阔论,夜以继日地写着言不及义的文章,一切似乎都没有意义。在思维的最深处,总有个声音在不断地提醒我自己:这不是真正的生活,不是那种能够体现人的本质意义的生活,这一生活与我的心灵、与我深爱的故乡、与最广阔的现实越来越远。①

梁鸿表达的对学院生活的厌倦,更应被理解为对现代都市生活的厌恶,实际上梁鸿从未放弃过学院生

---

① 梁鸿:《从梁庄出发》,《中国在梁庄》,江苏人民出版社 2011 年版,"前言"。

活,甚至她的返乡书写本身也是相当学院化的[1],正是基于这种情绪,她才很自然地将"真正的生活"安放在土地和乡村之上。梁鸿的这种乡土情绪与她早期的乡土文学研究有密不可分的关系。梁鸿2003年完成的博士学位论文《外省笔记:20世纪河南文学》可视为一部河南乡土文学史,到了2008年,时隔五载,梁鸿因出版博士论文重新投入这一主题时,乡愁再一次被召唤出来,因而她将自己的研究视为"以学术的视野重回故乡",在"后记"中也谈到"疑心是我的论文使我陷入了思乡的病症之中"[2]。大约在《外省笔记》交稿之后,梁鸿就毅然选择回到梁庄,她写道:"一个雨后的下午,我搭上回家的火车。"[3]

在《外省笔记》《巫婆的红筷子》以及多篇论文中,梁鸿一再谈到河南人遭遇的地域歧视,她认为这

---

[1] 梁鸿在《历史与我的瞬间》(上海文艺出版社2015年版)中写道:"我把梁庄的行走和书写看作一种学术行为。"

[2] 梁鸿:《外省笔记:20世纪河南文学》,社会科学文献出版社2008年版,第304、304页。

[3] 梁鸿:《外省笔记:20世纪河南文学》,社会科学文献出版社2008年版,第304、304页。

是传统乡土文化与现代都市文化矛盾的体现,这也是王富仁在《外省笔记》一书的长篇序言中试图回应的问题,王富仁从河南地方传统与中央权力关系的角度解释河南文化与都市文化的巨大差异,认为"河南文化是与小市民文化有着截然分界的两种不同的文化"[①]。因而梁鸿的乡土情感与她的都市情绪是密切相关的,她有着中国知识分子普遍具有的对都市的不信任:

> 虽然"河南是中国人的妈",曾经哺育了中华民族最辉煌的文化,但在现代文明的冲击下,"母亲"却满目疮痍、思维落后,无法再给发展中的中国以启示。从它的身上,我们发现的更多的是缺点、丑陋和陈旧的斑点。在都市文化的映衬下,河南人,实际上也是中国人身上的传统文化性格被夸张、变形、扭曲,暴露出它的保守、落后、狭隘和小农经济的弊病。这是两种文明、两种思维冲突的必然遭遇。[②]

---

① 王富仁:《河南文化与河南文学》,《外省笔记:20世纪河南文学》,第54页。
② 梁鸿:《"70后"批评家文丛·梁鸿卷》,云南人民出版社2016年版,第213页。

作为批评家的梁鸿指出当代乡土作家身上普遍存在城乡二元论的问题,她本人也很难超越这种思维。《中国在梁庄》每章都试图确定乡村的某种特征,在呈现一个人物故事之后,梁鸿都会以一个乡村社会学的理论收束,形成对城乡属性的追认,"梁庄三部曲"的总问题意识就是围绕都市如何侵入并摧毁乡村展开的。阎连科给《中国在梁庄》的推荐语中认为本书讨论的是"在残酷、崩裂的乡村中感受来自都市和欲望的社会挤压"[1],《出梁庄记》则是对梁庄人的都市苦难的全面记录,最近出版的《梁庄十年》,作者也明确将长时段观察现代化、城市化冲击下的梁庄走向作为自己未来的目标[2]。梁鸿对现代都市生活的厌倦是其返乡的情绪动力,这也提示读者一个重要的事实,即通常并非乡村的美好将城市的人吸引回去,而是如赵园在《地之子》中讨论"文化乡愁"时所

---

[1] 梁鸿:《中国在梁庄》,中信出版社2014年版,"封底推荐语"。
[2] 在《梁庄十年》中,梁鸿谈到自己想要形成一种"长河式的记录",在未来的十年、二十年,对梁庄作持续的记录,见上海三联书店2021年版《梁庄十年》"后记"。

指出的，反倒是现代城市的畸形发展鼓励了某种乡恋情绪[1]。用段义孚的概念，这是典型的逃避主义（Escapism），但它未必意味着消极避世，这种对于现代都市生活的反动经常伴随着能量充沛的探索精神，梁鸿持续十余年的返乡调查和文体探索就是很好的证明。作为一种都市文化症候，怀有乡土情绪的现代人未必真正熟悉乡村，因而返乡者如何想象乡村是需要首先面对的问题，对于如梁鸿这样的学院知识分子来说，这个问题就成为既有的乡村理论与文学经验将在返乡书写中发挥什么作用。

二 整体意识：把握作为本质的村庄结构

知识分子返乡首先面对的问题是如何想象乡村，因为都市生活和现代教育都无法提供乡土知识，甚至本身是反乡土的，梁鸿一开始似未意识到这可能会造成的困扰，因为她所从事的乡土文学研究为其提供了

---

[1] 参见赵园《地之子》，北京大学出版社2007年版，第21页。

想象乡村的理论工具，这种乡土视角结合了鲁迅以降的乡土书写传统以及农村社会学理论，前者具有强烈的启蒙主义色彩，后者则试图把握农村社会结构和文化逻辑，由于社会学在中国有介入现实的传统，解决农村（中国）现实问题也是其重要诉求，这就与乡土文学的启蒙意识发生了共鸣，两者都倾向于将乡村问题化，前者体现为一种国民性批判和改造的努力，后者则致力于探索"村落共同体"解体的原因和展开乡土重建。这两大传统都具有强烈的整体意识：在乡土文学传统中，乡土书写即意味着中国书写，"未庄""鲁镇"就意味着中国；农村社会学有关乡村的讨论，核心概念就是"乡土中国"，围绕这一概念形成的诸如熟人社会、差序格局、长老政治等，都为形塑乡村提供了概念工具，也为描述现代化、城市化冲击下农村如何变化提供了形象参照。讨论梁鸿的梁庄书写，有必要先讨论这种强调整体意识的乡土想象。

梁鸿是有着强烈整体意识的学者，这甚至是其文学批评的关键词，这与其对现实主义的认同也密切相关。如在讨论 1960 年代出生作家时，梁鸿就认为他们擅长"把整体拆成碎片"，造成了"整体性的消失与意义的无限延宕"①,在讨论1970年代出生作家的小镇书写时,又将他们与鲁迅、萧红、师陀等人做比较,认为后者是表现整个民族现实的文化风貌与生命状态,"有明确的整体性和隐喻性"②,前者则缺少对"小镇"存在意义本质的深刻理解,"没有整体的意象"③,在对卫慧、棉棉、魏微等人的批评中,"缺乏一种'整体'的历史观"④也是一个关键概念。"整体性的消失"是梁鸿在文学批评中经常使用的概念。梁鸿或许受到博士生导师王富仁的影响,因为王富仁是有着强烈整体感的学者,这种文化意识也体现在他给梁鸿博士学位论文写的长篇序言中。在谈到1985年黄子平、陈平原、钱理群围绕"二十世纪中国文学"的三人谈时,梁鸿也特别看重这次讨论对"整体论"

---

① 梁鸿:《"灵光"的消逝:当代文学叙事美学的嬗变》,中信出版社2016年版,第236页。

② 梁鸿:《"灵光"的消逝:当代文学叙事美学的嬗变》,中信出版社2016年版,第260页。

③ 梁鸿:《"灵光"的消逝:当代文学叙事美学的嬗变》,中信出版社2016年版,第260页。

④ 梁鸿:《"灵光"的消逝:当代文学叙事美学的嬗变》,中信出版社2016年版,第289页。

历史思维的强调①。在梁鸿看来，作家的整体意识与文学现实主义的深度、文学的历史感是相伴的。出于这种批判标准，梁鸿对1990年代以来的文学有相当的不满，她将严峻的乡村现实面前作家的"集体失语"视为当代文学的最大症候，她认为包括贾平凹、莫言、李佩甫和阎连科在内的代表作家，都不同程度失去了成名初期对乡村现实的热情，几乎无人书写1990年代以来的乡村社会，即便有所涉及，也都苍白无力，梁鸿特别谈到《中国农民调查》所带来的冲击：

> 2002年《中国农民调查》引起的热烈反响可以说是对作家乡村想象的最大打击，虽然它的成功并非在文学意义上，但是，它告诉作家一件事：乡村现实所蕴含的残酷和苦难远远大于作家廉价的虚构和坐在书桌旁的空乏幻想！②

---

① 参见《"70后"批评家文丛·梁鸿卷》，第32页。
② 梁鸿：《当代文学何处去：对"重返现实主义思潮"的再认识》，《"70后"批评家文丛·梁鸿卷》，第20~21页。

梁鸿清楚地表达了对文坛的不满,她将文学虚构与乡村现实的疏远视为相当严峻的问题,实际指向的是作家们整体把握历史与现实能力的丧失。出于对当代文学——尤其是乡土文学——的失望,梁鸿在同时期介入乡村的主流方法中找到了出路,也即农村社会学、人类学理论。梁鸿未必不清楚文学与现实关系的复杂性,实际上也很难要求文学对现实做即时性的反应,尤其是处于不断剧变的时代里,文学的滞后性是尤其突出的,前一个时代的经验还没有得到内化,下一个大变动又接踵而至,在这种情况下,追求绝对的整体感很容易沦为对现实的简化,当前返乡书写的同质性倾向便与此相关。

与文学领域对现实把握的碎片化形成鲜明对比的是,同时期介入乡村问题的主流方法,却具有相当的整体性。21世纪之初,农村处于岌岌可危的境地,"三农"问题不断突入公众视野,在这样的背景下,一大批专业学者的乡土思考也不断激起社会各界,尤其是知识界的广泛讨论,在梁鸿返乡前的几年,产生过相当社会影响的相关成果就层出不穷:2000年曹锦清的《黄河边的中国》出版,作为一部直面中原农村现实问题的力作，出版即引发热烈讨论，之后则是2002年李昌平《我向总理说实话》的面世，2003年则有后来成为华中乡土派中心人物的贺雪峰的《新乡土中国》（第一版）的出版，2004年则是引起热烈讨论的《中国农民调查》的出版，同年还有一件与乡村问题相关的事件，即后来成为新乡建派灵魂人物的温铁军被聘为中国人民大学农业与农村发展学院院长，由他推动的大学生下乡支农实践与乡村建设在此前已经展开，并受到知识界的广泛关注。另外还有一点也不可忽视，与中国农村相关的社会学、人类学著作，在此一时期越来越受欢迎，尤以费孝通的《乡土中国》为代表，这部成书于1940年代的小书，这时候几乎成为想象乡村，乃至于理解传统中国的圣经[1]，进入21世纪之后，这本小册子在大学里作为课外必读书得到广泛传播，其文化影响力之大特别体现为它下沉到教科书中，在2017年甚至被纳入高中一年级

---

[1] 据笔者在一些村庄中学的调查，《乡土中国》在进入高中教材后，由于高中老师缺乏基本的人类学训练，《乡土中国》被不少语文教师当作理解"国学"（孔子和传统文化）的理论。

教科书"整本书阅读"的篇目,成为首部进入高中教材的学术著作。直面"三农"问题,寻求整体性的乡村理论与具备可操作性的介入方法,是此时关注的重点。在梁鸿返乡之前,乡村受到了农村方向不同专业路径的打量,同时也掀起了规模不小的学者下乡调查和大学生支农实践活动。梁鸿与同时期的乡土思考也有明显的共振,她在讨论乡土问题时提及的较为重要的人类学家和社会学家,就包括费孝通、阎云翔、王铭铭、施坚雅、贺雪峰等人,温铁军的研究很可能也引起过她的注意①。这些理论阅读在其返乡前就已经形成,这在《作为方法的"乡愁"》一书有关村庄被发现的讨论中,就有过比较系统的呈现。②

基于对当代文学碎片化的某种不满,同时期具有整体性的主流乡村理论就引起梁鸿的认同,梁鸿的理论准备因而也相当社会学、人类学化。前文谈到梁鸿对整体意识的强调,而社会学的学科特点首先就是整

---

① 《中国在梁庄》第一版"封底推荐语",第一段就是温铁军教授的推荐,梁鸿也曾一度参与乡建派的实践。
② 参见梁鸿《作为方法的"乡愁"》,中信出版社 2016 年版,第 23~26 页。

体性，社会学研究"始终把社会看作一个有机整体，从整体的有机性出发去研究社会的结构、功能，研究社会的运行与变革"①。在处理研究对象时，社会科学始终致力于从纷繁复杂的现象中获取更本质的东西，或从芜杂破碎的事实中演绎统摄性的理论，研究者往往将此视为不证自明的前提，无论是费孝通的"乡土中国"模型，还是贺雪峰对中国乡村按照地域所作的三分法，无不如此。

这种具有整体意识的乡土想象，在梁鸿身上是很突出的，她说"一个村庄，也是一个有生命的整体和有机的网络"②，还曾袒露自己"一直有种冲动，真正回到乡村，回到自己的村庄，以一种整体的眼光，调查、分析、审视当代乡村在中国历史变革和文化变革中的位置，并努力展示出具有内在性的广阔的乡村现实生活图景"③。梁鸿定义自己要做的工作是"对村里的姓氏成分、宗族关系、家族成员、房屋状态、个人

---

① 吴增基、孙振芳：《现代社会学》，上海人民出版社2018年版，第9页。
② 梁鸿：《中国在梁庄》，第187、2、2页。
③ 梁鸿：《中国在梁庄》，第187、2、2页。

去向、婚姻生育做类似于社会学和人类学的调查"①。在另外的场合,梁鸿又表示:"我试图找到的是'梁庄'的结构。"② 李洱则将梁鸿与费孝通并列讨论:

> 梁庄与江村一样,已是人类学意义上的村庄了,某种意义上梁庄就是这个时代的江村。费孝通在写江村时,天才地提炼出一个概念:差序格局。在《梁光正的光》一书中,梁鸿以作家的方式,讲叙这个时代差序格局的变化。③

何怀宏在评论中,也持这种看法④。因而,梁鸿的"非虚构"若放在社会学、人类学的田野笔记中看,大约未必会引起如此热烈的文体论争,之所以对主流文学形成如此有力的反叛,与其社会科学的特点是密不可分的。梁鸿将乡村视为一个有机的共同体,这是农村社会学"村落共同体"观念的体现,这个源头即便不是费孝通,费孝通的观点影响无疑也最为深

---

① 梁鸿:《中国在梁庄》,第187、2、2页。
② 梁鸿:《历史与我的瞬间》,第81页。
③ 李洱:《梁鸿之鸿》,《扬子江评论》2018年第1期。
④ 李洱:《梁鸿之鸿》,《扬子江评论》2018年第1期。

远,即马林诺夫斯基在《江村经济》序中指出的:"通过熟悉一个小村落的生活,我们犹如在显微镜下看到了整个中国的缩影。"① 这种观念在梁鸿的梁庄书写中,有很强的投射。

三 进入梁庄:整体意识的受挫与回退

在回到梁庄前,村庄的骨架已经预置好了,只等梁鸿通过实地走访与口述将之肉身化。梁庄的"肉身化"大量依赖口述,最初是通过梁鸿的父亲这部"活字典":"父亲是村里的'活字典'……对村庄的历史,对三辈以前的村民结构、去向、性格、婚姻、情感都清清楚楚,如数家珍。"② 梁鸿的父亲似乎很自然地进入梁庄的"结构"中,回避了诸多结构之外的信息,诸如农作物、牲畜、土地、民俗、食物、技术与经验……显然,梁庄的"活字典"(类似人类学田野

---

① 费孝通:《江村经济》,上海人民出版社2007年版,第10页。
② 梁鸿:《中国在梁庄》,第10页。

报告人）是按照梁鸿预置的村庄图景展开的，因而梁鸿对诸如清立如何捕捉大鲶鱼，胜文如何逮知了等，无法纳入"结构"却充斥农民生活的物质细节并不感兴趣，而更关注他们在"结构"中的位置。口述作为"梁庄三部曲"的最主要的信息来源，是严格按照梁鸿的乡土想象来布局的，这是在讨论"梁庄三部曲"非虚构品格时不能忽视的因素。

然而梁鸿在进入村庄时，整体性想象就立刻遭遇了挫折，梁鸿写道：

> 不知道为什么，当故乡以整体的、回忆的方式在我的心灵中存在，我想回来的欲望就非常强烈，对它的爱也是完整的。然而经过这几个月深入肌理的分析与挖掘，故乡在我心中已经变得面目全非。[①]

梁庄之所以"面目全非"，正是由于其不符合前置"整体的"乡土想象。梁鸿后来谈到："当真正走

---

① 梁鸿：《中国在梁庄》，第230页。

进乡村，尤其是当以一个亲人的情感进入村庄时，你会发现，作为一个长期离开了乡村的人，你并不了解它。"①"梁庄系列"最大的变化，就是整体意识的受挫和回退。这种信心在梁鸿作为批评家时曾相当突出，按代际划分的作家，从1950年代到1970年代，也包括更年轻作家的创作，在她看来，大多存在缺少整体性的问题。但正如《中国在梁庄》开头已经显示的，混杂暧昧的声音不断动摇着梁鸿试图从结构上把握村庄的冲动，《中国在梁庄》在布局上是相当宏大的，从村庄历史、地理、房屋、环境等外部轮廓的进入，到各个年龄阶层的人（孩子、离乡的青年、在乡的闰土）的命运，然后讨论村庄在政治、道德、文化层面的困境，最后在一声叹息中离开。但到《出梁庄记》，采访范围虽遍及全国，结构规模显然缩小了，梁鸿也极大地节制了自己的声音，大篇幅的口述材料成为文本常态，到《梁庄十年》，基本就成为梁庄边缘人的自述。基于这种回退，梁鸿也调整她的写作意图：

---

① 梁鸿：《中国在梁庄》，第10、230页。

我不是在告诉你一个确定无疑的梁庄是这样的一个存在,我只是在试图挖掘、寻找梁庄的存在,是一个不断挖掘的过程。可能我自己都非常迷茫,可能我自己也有很多的怀疑、犹疑我也说不清楚,我只是试图把这样一个复杂性呈现出来,甚至它是暧昧的、它是多元的、它不是确定无疑的,这是我认为可能是最大的一个差异。①

类似的表达在梁鸿的笔下很常见。《中国在梁庄》具有强烈的文体探索精神和整体把握对象的野心,每篇之后都有类似于"太史公曰"的一段剖析文字,梁鸿结合其社会学与文化批判理论,引申章节中人物故事的结构意义,但到后来这种热情显著弱化了;最初的文体野心还体现在每章开头精心结构的《穰县县志》② 上,

---

① 徐鹏远:《说农民爱土地是虚妄的——梁鸿访谈录》,《创作与评论》2014 年第 24 期。
② 《中国在梁庄》每章前的小引,绝大多数标注为《穰县县志》,也有少数标为《穰县人民法院少年审判庭新闻资料》《穰县政府工作报告》等,内容大多从《邓州市志 1990—2000》(中州古籍出版社 2005 年版)和邓州市政府网站的文件中整理出来。

梁鸿制造了"梁庄"与"穰县"之间的某种张力，但在后来的文本中，这种倾向有了极大的收缩，《穰县县志》从每章前作为对照的小引变成正文后面的支撑性注脚；最初有意识地使用大量方言词汇，在后来的文本中这种意识也显著弱化；这种回退还体现为《中国在梁庄》第二版中对第一版标题的整顿上[1]……如果说对主流文学的反叛精神是梁鸿最初返乡的一大动力，那么伴随整体意识的受挫，这一情绪在回到梁庄后就不大被提及。有研究者说梁鸿的《出梁庄记》有某种"和解"的意味，即城市和农村，知识分子和农民阶级之间，甚至是"人与人之间的和解"[2]。梁鸿显然与主流文坛也有了和解，或许也是基于这种和解，梁鸿重新审视文学与现实的关系，《梁光正的光》《四象》以及《神圣家族》的创作也将重心从对村庄结构的追求中回退到对乡土人物命运书写的轨道上，从而完成了从非虚构到虚构的回归，并在内部消弭了两者

---

[1] 《中国在梁庄》第一版目录中的标题大多有很强的震撼效果，在后来的版本中，梁鸿对标题作了很大的修改，字面上的震撼效果也从目录中消失了。
[2] 杨庆祥：《出梁庄，见中国》，《当代作家评论》2014 年第 1 期。

的鸿沟,因此梁鸿并不热衷于"非虚构"领域的"江湖位置"①。梁鸿的这种回退从她与乡建派的关系中也能看到,她在文中谈到:

从2011年起,我也陆续参与了一些乡村建设团体的活动,并成为他们的志愿者,做宣传员,给学生上课、座谈,或到一些实践点去考察,和各个行业的人一起开会、探讨。那是一个全新的领域。他们是真正的实践者,在乡村和城市的边缘奔走、呼喊,或默默地做着可能完全失败的种种努力和实验。……但是,就内心而言,必须承认,其实我没有那么大的热情。我好像只是为责任而做,我并不习惯于这样的行动和形象。我害怕参与任何一种团体和富有进取心的活动,害怕行动,害怕被裹挟其中,害怕无休止地面对人群和各种庞大机器。有时候,我能感觉到某种具体的社会力量压迫而来,迫使你去进行二元对立的站位和叙述……②

梁鸿在乡土热情的鼓舞下,一度靠拢乡建派,参

---

① 梁鸿:《神圣家族》别册,第4页。
② 梁鸿:《中国在梁庄》,第271页。

与到实际的社会改造运动中去,但这曾为其返乡提供理论支持与先导示范的实践派,很快引起她的怀疑,这体现了她特有的敏感与坚持。尤其是作为文学批评家的怀疑和批判意识,让她对集体行动保持着本能的警惕,但这也暴露了知识分子返乡的巨大矛盾,似乎他们只能独自徘徊在田野之上而无所归依。因而到了后来,梁鸿越来越明确地将自己定位在这样一个角色上,她写道:"站在梁庄的大地上,并非就意味着我们看见了梁庄,也并不意味着我们最有资格叙说梁庄。一个文本只是叙述之一,每个人都有自己的'梁庄'。"① 最初试图从梁庄的结构中把握乡土中国,此时梁鸿已经回退到个人化的梁庄书写上了,这和她开始创作梁庄系列小说(《梁光正的光》《神圣家族》《四象》)也有着内在联系。大约也是在这个意义上,一些认为"非虚构"应具备高度整体性的批评家,也窥见"非虚构""缺乏整体性与总体观"②,实际上梁

---

① 梁鸿:《中国在梁庄》,"再版说明",第261页。
② 这一说法,见刘大先《当代经验、民族志转向与非虚构写作》(《小说评论》2018年第5期)一文,另外,黄文倩在《"非虚构"写作(转下页)

鸿此时已经在回退的路上了。当梁鸿的梁庄书写被当作社会学文本时,她会强调梁庄与费孝通的江村、梁漱溟的邹平以及晏阳初的定县的区别,一再确认梁庄书写为"纯文学的"[1],梁鸿强调:

> ……我也从来不认为《中国在梁庄》和《出梁庄记》是社会学的,因为它并不客观,也并不具备科学性。我听到过很多争论。认为它们是社会学的,会批评它们(尤其是《中国在梁庄》)过于情感化,不够客观,问题不够清晰,也没有提出解决方案;而如果被作为文学文本,它们好像还不够"纯",形式和结构有些混杂。
>
> 说实话,面对这样的歧义甚至争论,虽然有点尴尬,但也愿意由此思考一些问题。文学能够溢出文学之外,而引起一些重要的社会思考,我

(接上页)的特征即局限》(《今天》第115期),潘家恩在《城乡中国的情感结构——返乡书写的兴起、衍变与张力》(《中国现代文学研究丛刊》2019年第7期)等文章中都有提及。

[1] 参见梁鸿《说农民爱土地是虚妄的——梁鸿访谈录》,《创作与评论》2014年第24期。

想,这并不是文学的羞耻。……①

梁鸿因不满文学而"出走"梁庄,后又回归文学,梁鸿说自己经历了从"见山是山"到"见山不是山",最后回归"见山是山"的循环②,这是梁鸿乡土感知的一种上升叙事,实际上这也是乡土想象的受挫所致。从《中国在梁庄》试图以梁庄为契机,揭示乡土中国的当代处境,到《梁庄十年》以梁庄为样本记录村庄的动荡、改造、衰败与消失,以及这背后情感与文化的变动③,在这种回退中,梁鸿重新定义了自己的角色和职责,实际上这也是一个妥协方案,即充任一个有情的旁观者,长时段记录梁庄人物的命运与情感。很明显,这样一来,梁鸿就悬置了对乡土文化的深入呈现,将自身无法进入乡村合法化了,结果不仅梁鸿未能真正理解村庄的魅力,梁庄也无法对读者产生吸引力。如果乡村书写只引起喟叹与同情,乡村

---

① 梁鸿:《中国在梁庄》,"再版说明",第261页。
② 梁鸿:《梁庄十年》,上海三联书店2021年版,第235页。
③ 参见梁鸿《梁庄十年》,第233页。

的文化价值将无从揭示,其平衡都市文化的意义也就无从谈起。

宋佳仪、潘家恩在讨论梁鸿的作品时,曾有过一个值得重视的判断:"从学院内部批评学院化的知识生产是无解的。"[①] 返乡者如果不在知识结构上正视学院训练本身的问题,会很难摆脱一种预设的情绪。以历史的眼光看,当前有关农村的讨论,已经从"三农问题"转移到了"乡村振兴",围绕乡村出现了两种截然不同的声音,一些人哀叹乡村的消失,另一些则宣布"新农村"的胜利,客观上讲,乡村的经济、社会条件得到了极大的改观,生态环境的恢复也有目共睹,在这种背景下,梁庄书写的衰落叙事的根基将会随着时间的推移而动摇。

"乡土中国"的费孝通方案,为人们想象乡村提供了一个超时空的村庄模板,费孝通本人就曾指出:"用微型社会学的方法去调查研究像中国这样幅员广阔、历史悠久、民族众多的社会文化,不应当不看到

[①] 宋佳仪、潘家恩:《"重返"为何艰难?——论梁鸿返乡书写中的内在张力》,《南方文坛》2020年第5期。

它的限度。"① 梁鸿并非不曾意识到这一问题，但舍此之外似乎也别无框架，因之就无法摆脱这一框架的限制。最典型的便是这一框架对梁鸿乡村衰落叙事的影响。费孝通方案提供了一个具有强烈共同体色彩的村庄模型，为当前的乡村衰落叙事提供了一个很成问题的起点。以梁鸿为例，她对与童年记忆密切相关的梁庄形象投注了相当的热情，使之成为对照当下梁庄"衰落"的起点，但这个"起点"是很可疑的。梁鸿不断回顾梁庄的苦难，但如果乡村的历史本身就是一部受难史，那这个衰落叙事就存在一个根本矛盾，即究竟梁庄的黄金时代在哪里？实际上这个"黄金时代"正是费孝通方案与梁鸿温情记忆相结合的产物，它并不真正存在过。雷蒙·威廉斯在《乡村与城市》中通过向后看的方式，发现英国田园诗中存在着一个反复出现的主题，即"消逝的农村经济"，这是一个怀旧的田园主义传统，认为过去的时代更快乐，一个有序的、更快乐的过去是与现在的混乱和无序相

---

① 费孝通：《江村经济》，第290页。

对应的①。梁鸿也并非没有意识到这可能的危险,但她并未能真正避免这一窠臼,她的怀旧倾向与社会学家讨论"村落共同体"的解体形成了一种类似于情感经验与理论的互相追认。

这并非要否定农村社会学对认识乡村的理论价值,而是试图指出其为认识乡村提供理论支撑的同时,也对把握乡村的价值造成了遮蔽,后来的社会学家虽然不断修正费孝通的理论("半乡土中国""新乡土中国""后乡土中国"等层出不穷),但学科属性决定了它对理论视野外的乡土信息的漠视,在结构化、整体性以及共性的村庄属性之外,乡村还有形态各异的面目,山川地理、草木鸟兽、风俗信仰、粮蔬茶饮、交通工具、农具器物、诸匠百工,等等,这些细微之物是造成地方认同、滋生地方情感的基础,作为一种学院化了的知识,"乡土中国"的理论框架易将返乡知识分子导入形而上的乡土想象中,并引起对乡土自然与农事生产生活的严重忽视,这在知识分子返

---

① 参见雷蒙·威廉斯《乡村与城市》,韩子满等译,商务印书馆2013年版,"译序"。

乡书写中表现得很突出。

四 大地知识：重返乡土的一种可能

"梁庄三部曲"是对梁庄——乡土中国——苦难的记录，值得注意的是，梁鸿却是以一个极为绚烂的开头进入这一现场的。不知出于何种原因，返乡途中随身带的不是诸如《黄河边的中国》这类讨论中原农村的书，而是美国博物学家亨利·贝斯顿（Henry Beston）的《遥远的房屋》。在归途的火车上，梁鸿夜中无眠，翻读这本书时产生了极大的共鸣：

> ……打开床头灯，看随身带的一本小书——《遥远的房屋》，这是美国自然文学作家亨利·贝斯顿于1920年在人迹罕至的科德角海滩居住一年后写的一本散文集。作者和科德角壮丽的大海、各种各样的海鸟、变幻莫测的天气、无所不在的海难亲密相处，你可以感受到他目光所及之处的丰富、细致和深深的爱意。

在这里，大自然和人类是合二为一的，"无论你本人对人类生存持何种态度，都要懂得唯有对大自然持亲近的态度才是立身之本。……羞辱大地就是羞辱人类的精神。以崇敬的姿态将你的双手像举过火焰那样举过大地。对于所有热爱大自然的人，那些对她敞开心扉的人，大地都会付出她的力量，用她自身原始生活中的勃勃生机来支撑他们"。是的，只有和大自然融为一体时，生命的意义、人类生存的本质形象才显现出来。①

"遥远的房屋"对于此时的梁鸿来说，是极具吸引力的，她正需要这么一间坐落在大地上的更坚实的"房屋"，但与具有强烈梭罗主义色彩的贝斯顿不同的是，那间在大西洋西海岸搭建的两面向海的房屋，是典型的美式荒野精神的体现，而梁鸿心中"遥远的房屋"却是典型的乡村农舍，是农耕社会的一个标志，那也是梁鸿与亲人生活过的地方。一个是前往荒野，一个是回到乡土，这显示了梁鸿与贝斯顿的巨大差

---

① 梁鸿：《从梁庄出发》，《中国在梁庄》，第2～3页。

异,但在差异背后却有一个更大的共鸣,即对于现代都市生活的厌倦。贝斯顿对都市的态度是不难让雾霾中生活的梁鸿产生共鸣的:

> 生活在现代文明中的人所呼吸的是何等的臭气,而我们又是怎样学会来忍受污浊的空气?……如今只有被重新组合的现代人才能忍受城市的空气。……我们应当让所有的器官都敏感而充满活力。假若我们这样做的话,就绝不会建立一种侵害我们感官的文明。这种文明实际上将我们的感官侵害至深,成为恶性循环,从而导致我们原本迟钝的感官更为迟钝。[1]

对自然和大地的热爱,对都市的厌恶情绪,都会是梁鸿对贝斯顿的书感兴趣的原因,这是二者的相似之处,但他们的区别却更能揭示梁鸿乡土书写的某些症候。贝斯顿计划在科德角生活一两周,结果却不舍

---

[1] 亨利·贝斯顿:《遥远的房屋》,程虹译,生活·读书·新知三联书店2007年版,第145~146、"导读"第5页。

离去，持续生活了一年，这种地方依恋成为《遥远的房屋》的内在精神，以至于科德角上的这间房屋在贝斯顿走后，被作为文化地标受到保护[1]，这本书也成为美国建立科德角国家海滨公园的一大动力[2]，梁鸿一直在努力回到乡村，却一再表示无法融入，一次接受采访，被问及退休后是否会选择回到梁庄生活，梁鸿说：

> 就今天这样一个乡村结构的状态来看，我觉得我是不敢回去的，因为我可能被抛掷到一个荒凉的孤岛之上，没有氛围。首先梁庄可能没有了，其次如果它还在，它是不是你最熟悉的那个梁庄？最重要的在于如果没有一种氛围，你怎么回去呢？[3]

梁鸿没有意识到，在返乡之夜里鼓舞她投入梁庄

---

[1] 亨利·贝斯顿的房屋在1978年2月的冬季风暴中被卷入海中。
[2] 亨利·贝斯顿：《遥远的房屋》，第145~146、"导读"第5页。
[3] 梁鸿：《出梁庄记》别册，台海出版社2016年版，第28页。

怀抱的那本小书的作者，正是通过将自己"抛掷到一个荒凉的孤岛之上"，才获得了大地的支撑。梁鸿不能如贝斯顿那样与地方建立起牢固而持久的情感，和她的大地知识的匮乏以及对这种匮乏的后果缺少反思不无关系。《遥远的房屋》最具吸引力的，是将自己的情感与科德角的人、沙滩、鸟类、海洋、风浪、草木等一切物类联系起来，这深沉的自然情感是建立在贝斯顿的大地知识基础上的，贝斯顿的博物学训练，让他不断从荒野中捕捉到自然的神性。梁鸿从农家女蜕变成高校教师，是建立在系统的现代教育基础之上的，这是一套完全非乡土化的知识训练，因而当重新进入梁庄大地时，基于既有的知识训练（文学的与社会学的），她在纷杂的人物关系与命运中寻绎出村庄的结构，成为她认为最本质的诉求，大地上复杂的信息也被化约到结构崩溃、环境污染、市场冲击、教育问题等主题中去，《中国在梁庄》开头的《"迷失"在故乡》一节就很突出：

　　……沿河而行，河鸟在天空中盘旋，有时路边还有长长的沟渠，青翠的小草和各色的小野花在沟渠边蔓延，随着沟渠的形状高高低低一直延伸到蓝天深处，有着难以形容的清新与柔美。村庄掩映在路边的树木里，安静朴素，仿佛永恒……

……扒开及膝的杂草和灌木，来到我们家的老屋，我在这里整整生活了二十年。院子里同样长满了荒草，那倒塌了半边的厨房被村人当成了临时的厕所，还有家畜拱过的痕迹。正屋的屋顶上到处都是大洞，地基已经有些倾斜。哥哥前几年把这里收拾了一番，但是，因为没有人居住，很快又开始破败……[①]

梁鸿不远千里，回到心念已久的梁庄，站到属于自己的那间"遥远的房屋"面前，奇怪的是，梁鸿完全无法进入这个空间，这是一个陌生而且无名的世界："河鸟""青翠的小草""各色的小野花""路边的树木""杂草""灌木"，等等，这些梁庄大地上的原住民构成了一个未被命名的世界，在梁鸿面前，它们要么是风景，要么是威胁，因为未被命名，所以无从

---

① 梁鸿：《中国在梁庄》，第6、9页。

召唤起情感。这类描写在梁鸿笔下十分常见,《梁庄十年》中记录了一段故事,梁鸿到湍水边欣赏风景,一处被铁丝网围禁的桃园挡住了去路,她写道:

> 扒着铁丝网,我听了一会儿水哗哗流动的声音。灌木丛中,小鸟不时飞起,飞到站立在水中岛屿的白鸟旁边。那些身形修长的白鸟,在小小岛屿上闲庭信步,时而在空中滑翔,时而结伴贴着河面掠过。①

因为无法走到河边,梁鸿叱责种桃人不该阻挡了去路,并和主人发生争执,好在大姐认识主人,前来解围,并向主人说:"那是我妹子,刚从北京回来,啥也不懂得,脑子有点傻,你别和她一般见识。"② 但梁鸿仍心有不甘,她感慨道:

> ……那纵横交错的小路,数不清种类的野

---

① 梁鸿:《梁庄十年》,第 129 页。
② 梁鸿:《梁庄十年》,第 131 页。

花、野草、野树，总昭示着某种自由，某种通向自由的河流的道路，而今，它被截断了，那条河，不再是能自由到达的地方，而变成遥远的、不可及的事物。[1]

这段情节十分耐人寻味，这是梁鸿十余年乡土书写中第一次正面写一位在土地上劳作的农民，却清晰地显示了她与农人的分歧。作为一个知识分子，梁鸿一眼便看穿了用铁丝网围起桃园背后的资本的逻辑，但对自然与土地的逻辑却相当隔膜。引用柄谷行人那句一再被引用的话："只有在对周围外部的东西没有关心的'内在的人'（innerman）那里，风景才能得以发现。风景乃是被无视'外部'的人发现的。"[2] 大约不少读者，甚至作者本人都会怀疑这句关于"风景的发现"的论断，会否适合一个强烈地想要进入村庄的作者，但仔细辨识梁鸿所展示的乡村风景，会看到

---

[1] 梁鸿：《梁庄十年》，第131页。
[2] 柄谷行人：《日本现代文学的起源》，赵京华译，生活·读书·新知三联书店2003年版，第15页。

她呈现的是一个未被命名的自由世界——"小鸟""白鸟""灌木""野花""野草""野树",正因为不必与这些对象建立关系,所以才是自由的,也才具有超越性,这和农民关注马唐草与牛羊、麻雀与小麦、蝼蛄和玉米的关系是全然不同的。①

梁鸿一直在表达大地与自然对她的吸引力:讨论以"乡愁"作为方法时,梁鸿谈到赋予乡村独特性的大地、山川、河流、树木、花草的重要性②;在得知村庄改造中会将农民迁上楼时,梁鸿担忧的是"梁庄的人,将与泥土、植物、原野再无关系"③;行走在梁庄,梁鸿认为自己是在"用脚步和目光丈量村庄的土地、树木、水塘与河流"④;还因为自己的孩子有机会"接触大自然","和大地、阳光、植物有直接的联系"而高兴⑤。梁鸿对乡村的想象有着强烈的自然情感的

---

① 以上所列马唐草、麻雀、蝼蛄都是"梁庄"一带常见的动植物,见中州古籍出版社 1996 年版《邓州市志》第 76~77 页。
② 梁鸿:《"70 后"批评家文丛·梁鸿卷》,第 16 页。
③ 梁鸿:《出梁庄记》,花城出版社 2013 年版,第 312 页。
④ 梁鸿:《中国在梁庄》,"前言""后记"。
⑤ 梁鸿:《中国在梁庄》,"前言""后记"。

支撑，但大地在梁鸿笔下却是风景化的，她没有意识到地方情感有赖于捡拾散布在梁庄大地上的零散的知识，并从这些琐碎的细节中体会梁庄的个性，因为这也是作为肉身的梁庄，离开关于大地的知识地方认同将无从附丽。因此，当梁鸿认为"人们并不怎么关心这条河流"，"最关心的是所占土地的赔偿问题"①，实际是她把农民的情感作了简化，人们与湍水打交道的独特方式隐藏在男人们捕鱼、勾国臣告河神等大量事件的细节中。

返乡归来目睹故园荒芜的主题在文学中是很普遍的，《诗经·豳风·东山》也是这样一个文本，不妨将其作为"返乡史"上的另一案例，与梁鸿的书写做一对比：《东山》记录了一位征战归来的士兵的情感和见闻，这位曾长期生活在乡间的人（或许就是一位农民），对身边的事物了如指掌，当久别归来面对破败的故宅，他在荒芜中辨认出自己熟悉的世界：桑野的蛾蚕、檐间的栝楼、野鹿践踏的田地、夜行的萤火幼虫、墙角的鼠妇、门前的喜蛛、土堆上的鹳鸟、柴

---

① 梁鸿：《梁庄十年》，第124页。

堆上的瓜藤……这些"原住民"不曾因其荒芜之象而引起伤感，反倒给返乡者极大的慰藉（"不可畏也，伊可怀也"），对土地的熟悉构成了归来的远人从芜杂中寻绎亲切感的基础，与这些体验相反的，则是他不堪的行伍生涯与战争记忆[①]。实际上无论是乡土书写还是自然文学，风景描写与风物书写之间有着巨大的差异，前者将乡土世界景观化，后者则强调对象事物的地方性和情感属性。从大地知识的角度讨论进入乡土世界的方法，根本上是正视乡村的经验和农民的知识，这种知识渗透在农民的生活中，农民、木匠、铁匠、泡菜妇、阉猪匠、屠夫、草药医、风水师，包括梁庄的草木虫鱼、巫鬼丘墓、饮食民俗，等等，都能打开梁庄的一片天地，但这是现代教育系统中最缺乏的，知识分子返乡书写，倘不首先正视这一领域，将很难想象如何进入一个村庄，因而这实际上并非梁

[①] 关于《东山》一诗的意义，前人阐释存在诸多差异，古人大多认为此诗是周公所写，为慰劳归士之作（如朱熹、方玉润等人的观点）；今人则多认为是士兵所作，记录返乡见闻与情感（如高亨、程俊英等人的观点），这里采用今人的理解。

鸿的个人困境,而是绝大多数关注农村问题的写作者乃至于实践者所面临的问题。

结语　从"世界人"到"乡人"

2013年梁鸿曾到杜克大学做过短期访问,在美期间,梁鸿写成了《艰难的"重返"》一文,对自己返乡书写的缘起与困境作了交代,也对《中国在梁庄》出版后引起的关键争论作了回应,这篇文章是理解梁鸿梁庄书写的重要参考,梁鸿也很看重这篇文字。此时已属于"世界人"的梁鸿,思考的问题却是怎么成为"乡人",如果与一个世纪前梁启超的苦恼做一对照,将是很有意味的。1900年梁启超在美国(檀香山)期间,困扰他的也是"乡人"身份,他称自己是一个"完全无缺不带杂质之乡人",在时代风潮下不得不放弃这一身份:

> 曾几何时,为十九世纪世界大风潮之势力所簸荡所冲击所驱遣,乃使我不得不为国人焉,浸

假将使我不得不为世界人焉。是岂十年前熊子谷（熊子谷，吾乡名也）中一童子所及料也。虽然，既生于此国，义固不可不为国人；既生于世界，义固不可不为世界人。夫宁可逃耶？宁可避耶？又岂惟无可逃，无可避而已。既有责任，则当知之；既知责任，则当行之。为国人为世界人，盖其难哉。夫既难矣，又无可避矣。然则如何？曰：学之而已矣。……乃于今始学为国人，学为世界人。[1]

如何从"乡人"转变为"世界人"，这是梁启超、鲁迅以来中国知识分子最大的焦虑，鲁迅也表达过最担心"中国人要从'世界人'中挤出"[2]，一个世纪后却反转过来，从"世界人"回到"乡人"成为困扰不少知识分子的问题，从梁启超到梁鸿，"世界人"与"乡人"间的关系变化，是以巨大的社会变化为前提

---

[1] 《梁启超全集》第17卷，中国人民大学出版社2018年版，第258页。
[2] 鲁迅：《随感录三十六》，《鲁迅全集》第1卷，人民文学出版社2005年版，第323页。

的，这是摆在当代知识分子面前的一个重大的文化命题，正如梁鸿所遭遇的，重新成为"乡人"有着超出想象的困难，在《艰难的"重返"》一文中，梁鸿也不得不作出妥协，她写道："我终究只能，也更愿做一个旁观者。"①

一定程度上，梁鸿的写作引发公众关注乡村现状的又一轮热潮，其中不乏现代文学研究领域的知识分子，最典型的便是黄灯和王磊光的返乡书写。黄灯在梁鸿执教的中国人民大学文学院访问期间完成了《大地上的亲人》，王磊光的《呼喊在风中：一个博士生的返乡笔记》也是在这热潮中受到特别关注的，这些返乡书写有几个相同点：写作者多为业余参与，利用节假日短期返乡探查或电话采访，围绕农民（农民工）的个人经历展开，未能完整观察、参与农业生活周期，农事活动、乡土日常生活多未纳入考察范围；学院中的乡土文化资源，包括乡土文学传统与农村社会学成为观察乡土借重的理论资源，在都市化、现代化背景下，农民的生命与精神的遭遇成为关注的中心

---

① 梁鸿：《梁庄十年》，第272页。

问题；具有强烈的整体意识，普遍怀有从一个乡村认识中国（乡土的命运）的野心，因而村庄结构成为一种前视角，熟人社会的观点及其解体构成了一个叙事框架；在基调上，沉痛的个人悲情的表达与整体性的结构分析交汇出一幅乡村末日景象，呈现乡村社会伦理、文化、家庭结构的全面崩溃。这些乡土观察，在引起公众对乡村的关注上，是有其价值的，但也固化了对乡村的刻板印象，乡村的多样性以及蕴含在乡村的土地知识与自然人文精神，远未引起知识分子的关注，如果说美国的荒野精神是作为平衡现代化的一种精神资源受到认可的，打开这一精神资源的方式是贴近大地与万物对话，在中国，这种平衡性的文化资源蕴藏在乡村，它体现在农民生活、农事生产的细节之中。

近年来，在村庄消失的呼声下，不少作者开始自觉探索属于村庄的文学文体，并产生了一些颇有特色的作品：湖北襄阳舒飞廉的《飞廉的村庄》（修订版《草木一村》）以富于温情的笔墨，在纸上重建自己的乡村；湖南郴州作家黄孝纪在"乡土非虚构"的启发下，有意识地以郴州八公分村为对象，对本乡的动植物、民俗节庆、农具旧物、乡土食单、农事生活作了细致的记录；因乡村消失而触动写作动机的，还有浙江桐乡作家邹汉明，他的《塔鱼浜自然史》借鉴博物学名称，对村庄地理、岁时、动物、昆虫、农事等作了非常个人化的书写；汉中李汉荣的乡土自然散文，藿香结以故乡动植物为对象的《汤错草木鸟兽虫鱼疏》，都可以归到这一序列中。还包括一些成名较早、具有强烈启蒙意识的作家，也有意识地调整自己的知识结构，开辟了乡土写作的新面目，如韩少功回到乡村后创作的《山南水北》，吸收了大量地方知识，阿来则从博物学和自然文学汲取资源，将乡土风物的时代遭遇引入其作品中（"山珍三部曲"）……这些作品都不同程度地显示了作者恢复"乡人"身份的文学努力。

一百年前，梁启超意识到从"乡人"变为"世界人"的艰难，提出"学之而已矣"的主张，实际是要求对原有知识结构展开反思。对于现代知识分子来说，重新成为"乡人"，发掘乡村在当前时代的文化可能，也离不开这种反思意识与学习，这既关系到如何安放个人精神的问题，也关系到乡村振兴、生态建设背景下如何激活乡村文化价值的问题。

(本文原刊于《中国现代文学研究丛刊》2022年第10期)

附　录

第十二届唐弢青年文学研究奖评委会名单

（按姓氏笔画排序）

提名委员：

王双龙	王兆胜	王春林	叶祝弟	朱国华
刘浏	刘跃进	杨青	来颖燕	吴亮
何同彬	张燕玲	陈艳	陈汉萍	明江
罗岗	金宁	姜异新	高艳	郭娟
崔庆蕾	韩春燕	鲁太光		

终审委员：

丁帆	王尧	李洱	李敬泽	李宏伟
吴义勤	吴俊	沈卫荣	张清华	陈思和
陈晓明	阎晶明	程光炜	戴锦华	

评奖秘书长：

李蔚超

中国现代文学馆
2023 年 5 月

图书在版编目（CIP）数据

文化政治与民间性：文学馆•学术青年：2022 / 中国现代文学馆编. — 上海：上海文艺出版社，2025.
ISBN 978-7-5321-9158-1

Ⅰ. I206.6-53

中国国家版本馆CIP数据核字第2025FQ2604号

责任编辑：解文佳
特约编辑：王瑞祥
装帧设计：刘　哲

书　　名：	文化政治与民间性：文学馆•学术青年：2022
编　　者：	中国现代文学馆
出　　版：	上海世纪出版集团　上海文艺出版社
地　　址：	上海市闵行区号景路159弄A座2楼 201101
发　　行：	上海文艺出版社发行中心
	上海市闵行区号景路159弄A座2楼206室 201101 www.ewen.co
印　　刷：	苏州市越洋印刷有限公司
开　　本：	1092×787　1/32
印　　张：	6.625
插　　页：	6
字　　数：	98,000
印　　次：	2025年3月第1版 2025年3月第1次印刷
Ｉ Ｓ Ｂ Ｎ：	978-7-5321-9158-1/I.7197
定　　价：	68.00元
告　读　者：	如发现本书有质量问题请与印刷厂质量科联系　T：0512-68180628